筆談ホステス

# 辛いのは幸せになる途中ですよ

「辛い」とばかりこぼすお客様に里恵が本当に贈った言葉。「辛」の文字に横棒を一本たすと「幸」という字になるのにかけて今の状態はその途中だと真心のアドバイス

里恵が働く銀座のクラブのひとつ『クラブM』。筆談術を駆使して接客する

里恵とクラブのお客様との会話は、筆談中心。「紙に書くと、内緒話がしやすいと喜ぶお客様も多いんですよ」

「ひと文字ずつ心をこめて書くことで、話すよりも気持ちが通じやすいと仰ってくださったお客様もいます」

# 筆談ホステス

目次

装幀　加藤聡
表紙写真　木村哲夫

# 筆談ホステス

# はじめに

「そのアルマーニのネクタイ素敵！」

お客様が、新しいブランドのネクタイを締めていらっしゃったとき、こんな褒《ほ》め言葉を投げかけるようでは、銀座のホステスとしては二流クラス。

「そのアルマーニのネクタイ、よくお似合いで、とても素敵ですね」

ネクタイを褒めるだけではなく、持っているご本人も褒めるようにしなくては、お客様に喜んでいただくことはできません。

こんな当たり前の褒め言葉ひとつでも、ニュアンスひとつで、売り上げに大きな差が付くのがホステスの世界なのです。まして、私の働く銀座は、日本で一番の夜の街。女の花道とも言われる華やかなステージですが、その競争は過酷です。

そんな激しい夜の銀座で、私は現在働いています。地方から出てきて、銀座で一流のホステスを目指して頑張っているのは、ほかの女のコと変わりありません。唯一、私がほかの女のコと違うのは、耳がまったく聴こえない聴覚障害者だということでしょう。
障害を持つ私が、お客様とコミュニケーションを取る手段は筆談です。お客様とメモ書きをやり取りして、会話をしているのです。筆談での会話で、お客様を接客し、銀座の夜を楽しんでいただいています。

日ごろ、私がお客様とどんな筆談をしているのか、少しご紹介をしたいと思います。

Wさんは、ある私立大学の教授をされていて、テレビや雑誌にも引っ張りだこの文化人です。銀座に飲みにいらっしゃるのも閉店間際だったり、せっかく早い時間にいらしても、少しだけ飲んでお帰りになったりと、いつも時間に追われているようです。
それでも、いつも楽しそうに飲まれていて、そんな生活を楽しんでいるご様子でした。ところが、ある日お店にいらっしゃったWさんは、少し様子が変でした。

「Wさん、お久しぶり！昨日出ていたテレビでもハンサムでしたね」

そんな私の書いたメモへの返事は、たったひと言だけでした。

「忙しくて」

お疲れのご様子だったので、私はちょっとだけ薄めに水割りを作りました。

「無理しないでね」

私が微笑むと、Wさんの心の中にあった鬱憤が噴き出したようです。

「まあ、忙しいのは仕事だから仕方ないんだけれど、最近、妻が『あなたは忙しすぎて、私のことを忘れている。離婚したい』って言いだしたんだ」

「奥様とゆっくり話をしたほうがいいわよ」

「そうだけど……。でも、忙しいのはわかっていたはずなのに、なんで急にそんなことを言いだすのかわからなくて。俺が忙しく働いているからこそ、妻は優雅な生活ができているはずなのに」

Wさんは、訳がわからないという顔をして、水割りを飲んでいます。

「いっそ離婚して、里恵と再婚しようかな」

そんなことを書きながら、Wさんの表情は沈んだままです。これは、早めに奥様と話し合いの時間を持ったほうがよさそうだと、私は思いました。

「忙しいという字は、心を亡くすと書きますね。
忘れるという字も、心を亡くすと書きますね。
ゆっくり奥様と心を取り戻す旅行にでも行かれたらいかがですか？」

Wさんは、お渡ししたメモをしばらくじっと見つめていました。そして軽くうなずいてから、顔を上げるとにっこりと微笑みました。

「ごめん。今日は早く帰って、妻と話し合うよ」

その後、しばらくWさんは、お店にいらっしゃいませんでした。そればかりか、テレビでも姿をお見かけしなくなりました。

どうしたのかと少し心配になったころ、Wさんが再びお店にいらっしゃいました。

「テレビのレギュラー番組は、とりあえず降板させてもらったんだ。それで、大学の休みに妻と久しぶりにゆっくり旅行に行ってきたよ」

すっかり元気になったWさんは、その日はゆっくりとお酒を楽しまれていました。

銀座で過ごすひとときで、お客様が元気になっていただければ、ホステスとしてこれ以上嬉しいことはありません。

その気持ちは、耳が聴こえないホステスでも同じですし、ときに筆談は、普通の会話以上に心に響くこともあるようです。

筆談術のイロハのイは、相手を見極めて言葉を選ぶこと。じっくりと文字を目で読める筆談は、余計に気を使わなければなりません。これは銀座のホステスの基本でもあるのです。

青森から夜の銀座に来て、もう2年が経とうとしています。最初は、私に銀座のホステスが勤まるか不安でした。私を受け入れてくださったクラブも、入店当時は半信半疑でした。

「耳の聴こえないコに、ホステスが勤まるのか」

当然、誰もが抱く疑念です。今でも、初めてのお客様からは、驚きや好奇の目で見られることもたびたびあります。

そんな皆さんの心配を撥《は》ね返して、今でも銀座のホステスとして働き続けています。それは、私には接客の武器である筆談があるからです。

「筆談で会話なんて、成り立つの？」

今まで、何度同じ質問を投げかけられたでしょうか。

その答えは、

「YES!」


現実に私は、自分自身の筆談術を磨くことで、夜の銀座を生き抜いてきました。

今回、本書を執筆するにあたり、そのすべてをご紹介したいと思います。


私の耳が聴こえなくなったのは、わずか1歳10ヶ月ころでした。あまりに幼かったため、私には、それ以前の音のある世界の記憶がまったくありません。19歳のときに、内耳に電極を埋め込み、聴神経を電気的に刺激して聴覚を取り戻す人工内耳手術を受けましたが、リハビリテーションの過程でひどい頭痛に悩まされ、結局、音を取り戻すことはできませんでした。

皆さんには、私のような難聴者は、みんな手話で会話をしているという固定観念がありませんか？　最近では、難聴者を題材としたドラマなども多く制作され、その主人公たちはみんな流暢に手話を操ります。でも実際は、手話がほとんどできない難聴者が多いのも現実です。じつは私も手話は初心者レベルで、難しい話は当然のこととして、日常会話さえほとんどできません。

そんな私が、ほかの人とコミュニケーションを取るための主な方法がいわゆる筆談です。筆談は、当たり前のことですが会話をいちいち書かなくてはいけないため、耳が聴こえる方からしてみればずいぶん面倒くさいと感じることでしょう。でも文字さえ読み書きできれば特別な訓練もいらず、障害を持つ人々と健常者、日本語、もしくは他言語同士でもすぐにコミュニケーションが取りやすいという大きなメリットがあります。

筆談のデメリットばかりを考えるのではなく、メリットとして捉えれば、ホステスという仕事にも生かせるものです。もちろん私自身、仕事を始めた当初は不安がなかったわけではありません。それでもなんとか、生まれ育った青森でホステスのキャリアを積み、今では夜の銀座でお仕事を続けさせてもらっています。

じつはこの本の出版のお話をいただいたときは、最初はお断りしようと思っていました。

「障害を売り物にしたくない」

そんな気持ちが強かったからです。でもある方がこう言ってくださったのです。

「あなたが本を書くことで、同じような障害を持つ方々の励みになるかもしれない。ひとりでも前向きな気持ちになってくれる人がいれば、それだけでも本を出す意味があるのではないですか？」

この言葉に共感して本書を執筆する覚悟を決めました。

そんな私がいつも持ち歩いている〝相方〟は、お気に入りのペンと手のひらサイズのメモ帳です。ペンはある方のお形見としていただいた年代物のカルティエとモンブランの万年筆。メモ帳はフランスの老舗メーカー、ロディアのメモパッドに、カラーチャートというメーカーの滑革《ぬめ》のカバーをつけたもの。これが私に一番しっくりとくるのです。

このふたつのパートナーと一緒に、私の筆談ホステス人生は、前に進んでいます。

本書では、私の難聴者としての人生や思い、家族のこと、これからの夢などをお話しします。また、お客様に喜んでいただき、リラックスした気持ちになっていただくために、聴覚障害者の私がどうやって筆談の際に言葉を紡ぎだし、普段どんな接客をしているのか、その秘密のすべてもあわせてお伝えしたいと思います。

そして、将来の夢に向かって、今、私は全速力で夜の銀座の街を駆け抜けています。銀座のルールには反しますが、なるべく早く夢を実現できるように、2軒のお店を特別に掛け持ちさせてもらっているほどです。

「いつも前向きでいよう」

そんな私の気持ちが、本書を読んでくださる皆さんに少しでも届くことを願って、この本を書きたいと思います……。（※筆談部分の手書き文字は全ページともすべて本人の直筆です）

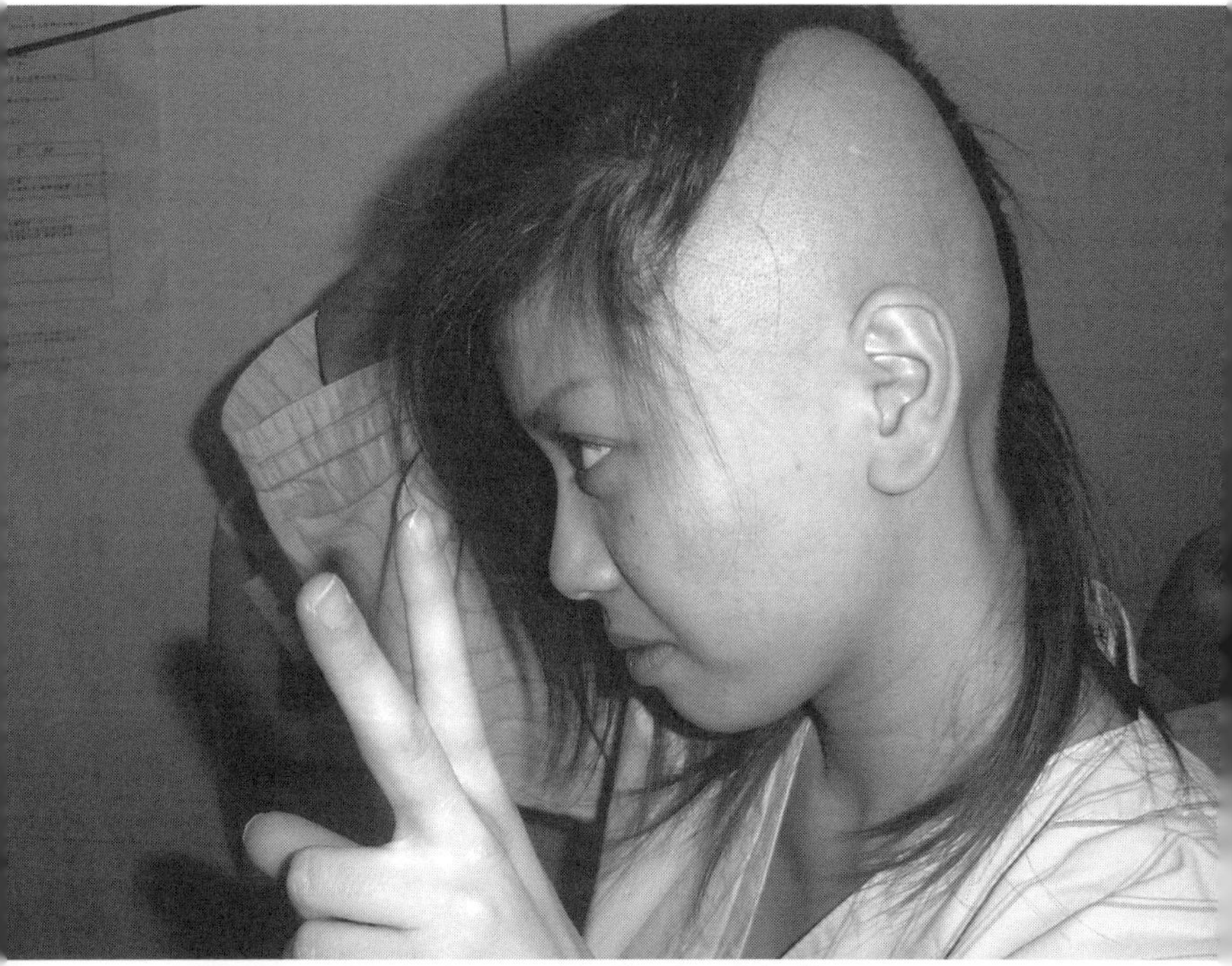

19歳のときに、聴力を取り戻すために内耳手術を受けた里恵。「自動車の運転免許を取りたかったので、手術を受けました。無事に手術は成功し、念願だった免許も取得できました。でも聴力を取り戻すリハビリで、激しい頭痛に見舞われてしまい、結局、私は音のない世界を選びました」

# 第1章　「神に耳を取られた」娘

# 1 聴力を失った私

まず、聴力を失った経緯をお話ししておきたいと思います。

私は、'84年の冷たい雪が激しく降る2月、青森市内に生まれました。小さな一戸建ての家に、両親のほかに2歳違いの兄と一緒に暮らしていました。地元の役場勤めの父は、真面目で、頑固者を意味する青森の方言「じょっぱり」という言葉がぴったりな人。看護師の母はハキハキとしていてしっかり者。いつも私を守ってくれるやさしい兄。ごくごく一般的な家庭です。

そんな普通の家族に事件が起こったのは、私が1歳10ヶ月のときでした。ある日突然、私は髄膜《ずいまく》炎という病気にかかり、高熱を出して緊急入院をしたそうです。

じつは、このときの話を直接両親から聞いたことはありません。

「病気になったのは自分のせい」

そう母がずっと思い悩んでいることを、私は子供のころから感じていました。それがわかっていたからこそ、そのときのことがなんとなく聞けなかったのかもしれません。

10代のころ、ある人にくわしい状況を教えてもらったことがあります。その人も、その場にいたわけではないので、もしかしたら真実とは違っていることがあるかもしれませんが、ざっとこんな状況だったそうです。

その夜、私はお風呂に入れられていて、母がちょっと目を離したそうです。目を離せるくらいということは、タライか何かで行水をしていたのかもしれません。とにかく、ほんの少し私はひとりきりでした。そして、祖母が私を見つけたときには、私は口から泡を吹きだし、あきらかに様子がおかしくなっていたそうです。

私はすぐに病院に運ばれ、入院をしましたが、それから数日間死線をさまようことになりました。病名は髄膜炎でした。髄膜炎は、大腸菌やインフルエンザ菌などの菌やウイルスが体内に入り、発熱や頭痛、意識障害を引き起こす病気です。

病院の必死の治療と両親の懸命な看病のおかげで、なんとか命を取り留めることができました。両親や家族は、きっとホッと安心したと思います。ところがその後しばらくして、思いもかけないことがわかったのです。

病気で高熱を出した後遺症のため、私の聴力は完全に失われてしまっていたのでした。

娘の聴力が失われたと医師から聞かされたときから現在までずっと、母は激しい自責の念に苛《さいな》まれ続けています。

「里恵が病気になる前に、温泉に連れて行ったんです。それが原因で、私が里恵に風邪をひかせてしまったのではないかと思っているんです。まったく耳を聴こえなくしてしまって、里恵には本当に申し訳ないと思っています。悔やんでも悔やみきれません。できることなら、私が代わってやりたかったです」

私の障害のことを尋ねられると、母はいつもそう言っているそうです。でももちろん、病気になったのは母のせいではありません。私は溺れていたわけでもありませんし、高熱の中、無理やりお風呂に入れられたわけでもないのです。たまたま、そのタイミングで病気が見つかっただけ。ただそれだけです。

そして当たり前のことですが、私自身も母のせいで耳が聴こえなくなったなどとは、ほんの一瞬でも思ったことはありません。


母とは、思春期のころに壮絶な親子ゲンカを繰り返しました。

「口うるさく言われるのは面倒くさい」

大人になった今でも、そう思うことがあります。決して仲のいい母娘とは、言えないかもしれません。それでも、母のおかげ、両親のおかげで、ここまで生きてこられたと感謝しています。

1歳10ヶ月で聴力を失い、私には病気の記憶も音の記憶も一切ありません。私にとっては現在のこの状態、耳の聴こえないこと、静寂な音のない世界がごくごく当たり前なのです。実際に、耳が聴こえなくて不便だなどとは子供のころからずっと長い間、まったく思っていませんでした。

そう、筆談ホステスと呼ばれるようになるころまでは……。

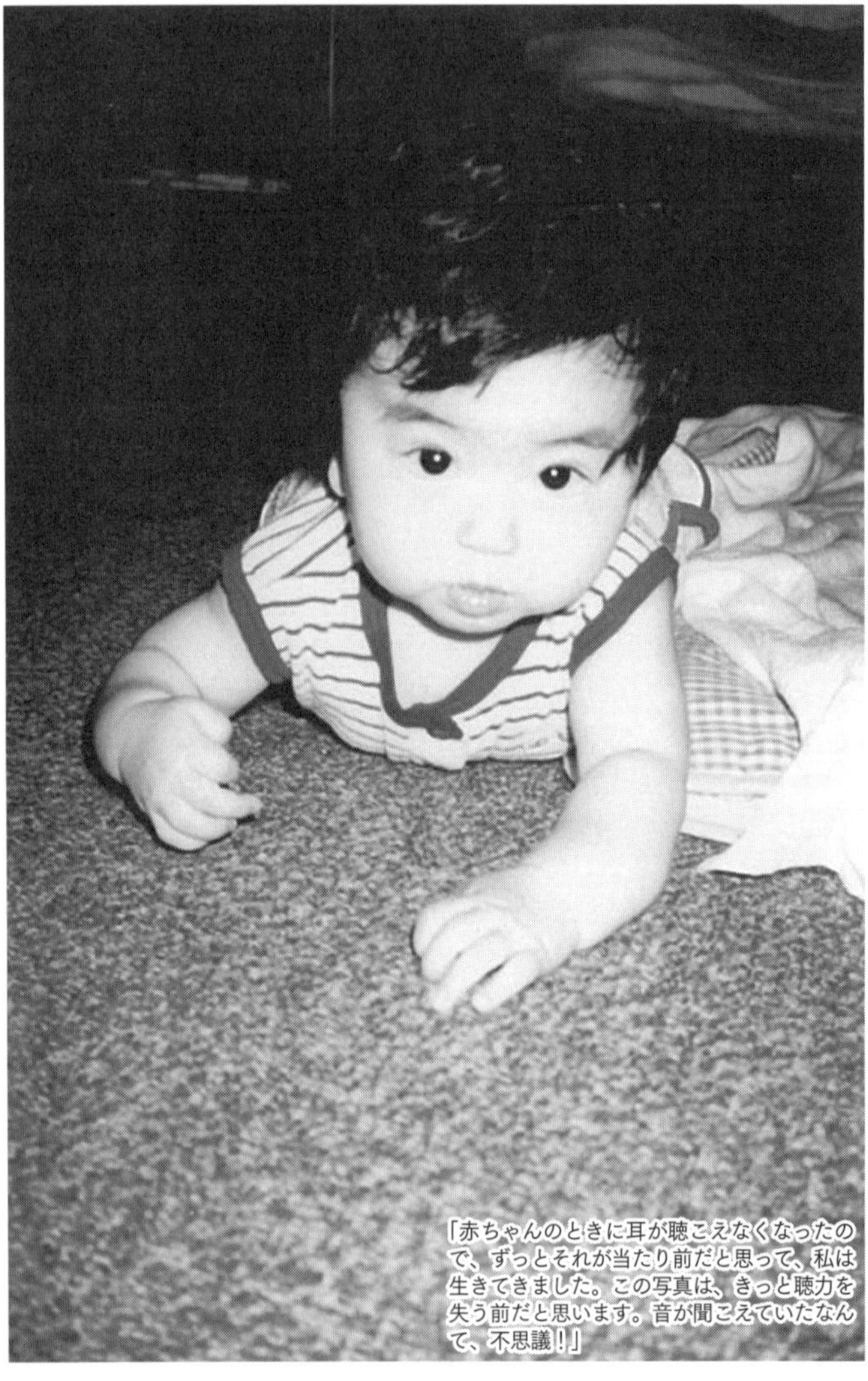
「赤ちゃんのときに耳が聴こえなくなったので、ずっとそれが当たり前だと思って、私は生きてきました。この写真は、きっと聴力を失う前だと思います。音が聞こえていたなんて、不思議！」

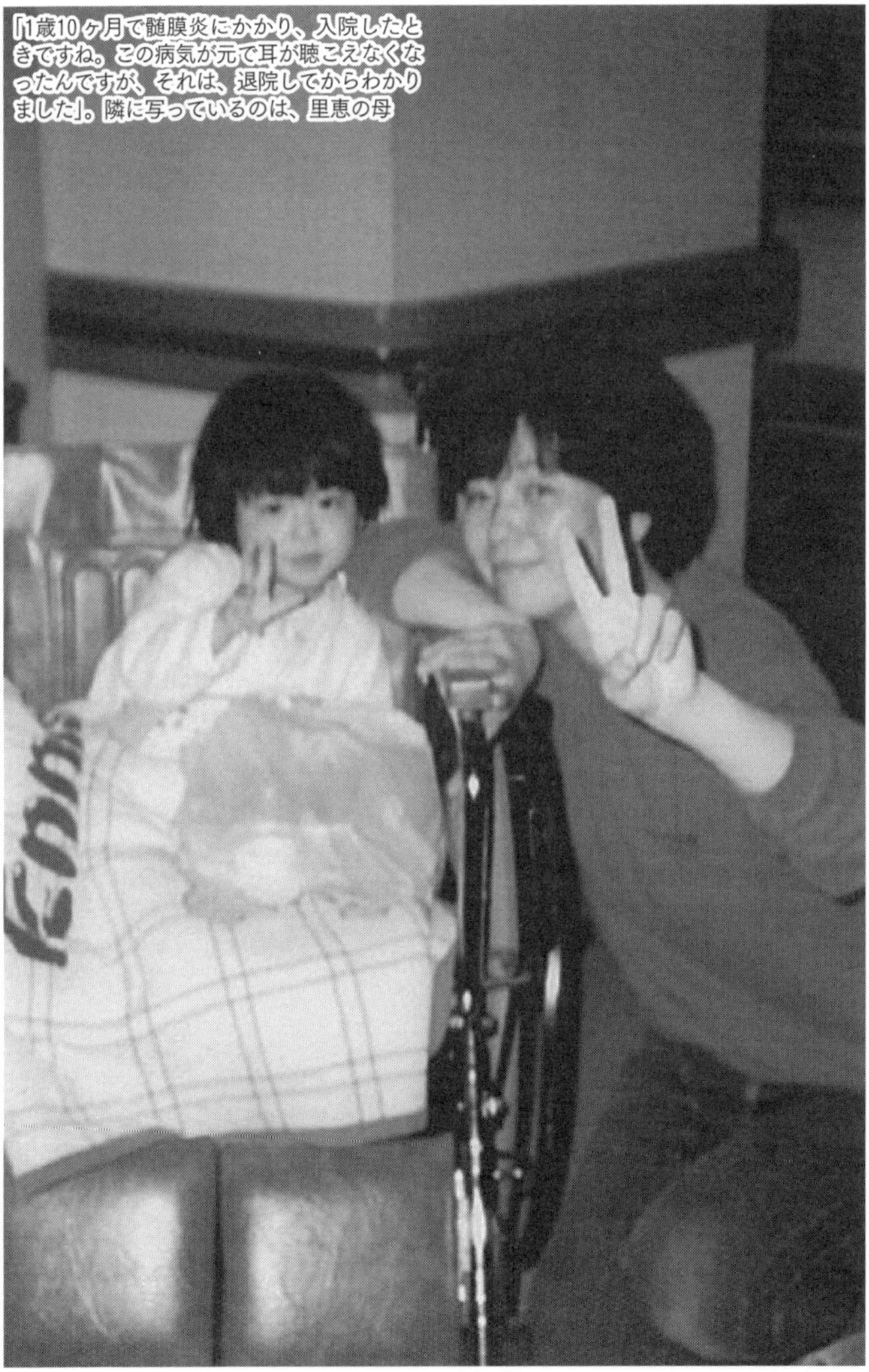

「1歳10ヶ月で髄膜炎にかかり、入院したときですね。この病気が元で耳が聴こえなくなったんですが、それは、退院してからわかりました」。隣に写っているのは、里恵の母

## 2　聾《ろう》学校と障害者としての生活

私には、子供のころからずっと幼なじみで親友の美幸がいます。幼なじみというより、血のつながっていない姉妹、もうほとんど家族といったほうが近いかもしれません。彼女とは、同い年で家も隣同士、遊ぶのもお稽古事も何をするのも一緒でした。

私は自分だけが耳が聴こえず、一緒に遊んでいる美幸や兄には、音が聴こえているという状況を幼いころはまったく理解していませんでした。しかし物心がついてくると、だんだんとそれが理解できるようになってきました。私だけ美幸や兄は行かない聾学校（現在の特別支援学校）の幼稚部に通うようになったのです。

聾学校は、難聴者が障害に基づくさまざまな困難を克服し、主体的な生活ができるようになるための習慣を養ってくれるところです。年齢に応じて、国語や算数などといった一般的な学力も身につけていきます。たった4名しかいないクラスメートたちと一緒に、スムーズに日常生活を送るためのノウハウや、障害者として自立して生きぬいていく力を学んだのです。

聾学校では、手話を教えてもらうことはありませんでした。当時、聾学校では、基本的には、難聴者に手話を教えないという教育方針になっていたそうです。その代わり、文字や言葉を覚えるために発声を習うのです。

けれども同級生と再会しても、現在、声を発している友だちはほとんどいません。

私たちは普通の方が話すように、聞き取りやすい発声はできません。ですから発声をしていると、事情を知らない周囲の人を驚かせてしまうことがたびたびあります。

「何事か」

そんな様子で私たちを見るのです。見ている方に悪気がある訳ではありません。凝視されるのは、ある程度は仕方ないことだなとも思うのですが、やはり恥ずかしいと思う聴覚障害者も多いのです。

自分で手話を覚えて、それで会話をしている当時の友だちもいます。一方で、私のように手話を覚えられずに、筆談がコミュニケーションの中心だという聴覚障害者も多いのが実情ではないでしょうか。

20歳くらいのころ、人の紹介で要約筆記者を目指す方の講習会のお手伝いをさせていただいたことがあります。

要約筆記者というのは、私たち難聴者の発する言葉を聞き取り、それを簡潔にまとめて、ほかの人に書いて知らせてくれるボランティアの方々です。私たち難聴者には、とてもありがたい存在です。

私がお手伝いをした内容は、自分の生い立ちや経験を15分程度にまとめて話すということでした。私の話し声を要約筆記者の卵の方々が聞き取り、要約筆記にまとめます。つまり簡単に言うと、私の発声で要約筆記の練習をしてもらったのでした。

そんなことからも、私の話す言葉は、健常者には理解できないレベルであることがわかってもらえると思います。家族との意思疎通はなんとかできても、それ以外の方には理解し難いというのが、難聴者の発声の現実です。

私は、聾学校に通うことで、文字や言葉を正しく理解することができました。そのおかげで、本を読むことは大好きですし、こうして自分で文章を書くことも苦ではありません。ただ残念なことですが、美しい発声というものがいったいどのようなものかは、私には永遠にわからないままなのです。

# 3 「起きなさい!」

話が逸《そ》れてしまいましたが、聾学校と並行して、私は日替わりで保育園と幼稚園にも通っていました。月曜日は聾学校、火曜日は保育園、水曜日は幼稚園といった具合です。これは聾者として、必要なことは覚えさせたい、でも普通の生活も送らせてあげたいという両親の意向によるものでした。

通っている3つの中で一番好きだったのが保育園です。保育園だけ、お昼寝の時間があるという単純な理由でした。そんな大好きなお昼寝タイムでしたが、幼い私にはどうしても理解できないことがありました。

いつも、誰も私のことを起こしてくれないのです。

「起きなさい!」

ほかの子供たちは保育士の先生から声がかかり、目を覚ましているようでした。耳の聴こえない私には、もちろんその声は聞こえません。ほかの子供たちが布団を片づけて、次の準備に取りかかる音も聞こえません。ふと目を覚ますと、ほかの子たちは行動を始めていて、布団で寝ているのは自分だけということがたびたびありました。私は、その光景を見るたびに思っていました。

「どうして先生は起こしてくれないのだろう？　どうして周りの子は起こしてくれないのだろう？」

私は世話の焼ける面倒な障害者として放置されていたのでしょうか？　意地悪を受けていたのでしょうか？　それとも障害者だから可哀想だと思われていたのでしょうか？

今となっては、その理由はわかりません。ただ、いつも思っていたことは覚えています。

「みんなと同じように接してほしいのに！」

でもその言葉は、最後まで伝えられませんでした。

## 4 お稽古事三昧　書道の楽しみ

小学校にあがる前から、私は本当に多くのお稽古事に通っていました。スイミング、ピアノや書道、バレエ、陶芸教室などあまりにもたくさんのお稽古事に通わされるので、いったい今、何を習っているのかがよくわからなくなるほどでした。友だちと遊ぶ時間がなくなってしまうことにも不満を感じていました。

お稽古事は、たいてい兄か幼なじみの美幸と一緒でした。私が何か新しいお稽古事に通い始めると、美幸もすぐにそのお稽古事に通うといった具合です。ピアノとエレクトーンを習っていたときは、美幸のお母さんが作ってくれたお揃いのドレスを着て発表会に臨んだこともありました。でも耳の聴こえない私には、ピアノの練習をしても面白いと感じられず、成果もまったく上がりませんでした。ピアノを弾くときは、音を聴く代わりに心の中でリズムを取るのですが、うまく弾けているのかどうか自分ではちっともわからないのです。結局、続かずに止《や》めてしまい、それからは一度もピアノを弾いていませんし、鍵盤に触ってもいません。

耳の聴こえない私に、ピアノなどを習わせても無駄ではないかと思う人もきっと多いでしょう。確かに、リズム感が多少ついたくらいですから、そのとおりかもしれません。当時の私は、たくさんのお稽古事を面倒くさいなどとばかり思っていました。

「耳が聴こえない分、どんなことでも体験をさせてあげたい。その経験からいろいろなことを学び取ってほしい」

そんな両親の親心が、最近やっとわかってきました。

お稽古事だけでなく、両親はいろいろなところに私を連れて行き、体験させてくれました。夏はキャンプに、冬はスキーといった具合です。

なんでも兄や美幸などの友だちと同じ経験をさせてもらっていたため、そのころは自分がほかの子と、どこが違うかなんて、考えたこともありませんでした。

ピアノ教室では、これといった成果が上がりませんでしたが、習っておいてよかったと思うお稽古事ももちろんあります。

その筆頭が書道といえるでしょう。筆談が会話の中心である私にとって、正しい美しい文字を書くということは、皆さんが美しい声で話をしているのと同じではないかと思っているからです。

書道は、4歳から小学校3年生くらいまで習っていました。もちろん、習い始めたきっかけは、両親が勧めてくれたからです。

書道の先生は白髪の混じる初老の女性で、いつもニコニコしていたのを覚えています。書道は、私のほかに兄と美幸、そして美幸のお兄さんも一緒に習っていました。よく覚えているのは、書き直しをさせられると、兄が唇を噛みしめ、悔しく涙目になりながらも、頑張っていたことです。そんな兄がかわいそうだなと思いながら、書き終わるのを待っていました。一方、私はというと、やり直しさせられると嫌な顔をしたり、プンプンと怒ったりしていたようです。今考えると、そんな私を見て、先生も怒るのではなく上手におだてて書道に取り組ませてくれていたのだと思います。

大人になってから美幸と話をしていたときに、こんな話になりました。

「里恵が、書道は自分が一番うまいといって聞かなかったので、私たちの兄はふたりとも『そうだね』って里恵を褒めていたのを覚えている？　でも里恵のいないところでは、兄たちは『本当は美幸のほうが上手だよ』って言ってくれていたんだよ。そう言われて私も満足していて。兄たちは、本当に私たちの扱いがうまいよね！」

二人は優しい兄に守られながら、楽しく書道教室に通っていたのです。

当時は、耳が聴こえないぶん書道を頑張らなくてはという気持ちはありませんでした。ただ墨を摺って、筆で文字を書くという一連の所作は、私にとって楽しい作業でした。力を入れて書くと太く力強い字になったり、心に余裕がなく震えるとミミズみたいな頼りない字になったりすることが子供心にも面白いと思ったのです。止めたり、はねたりといろいろなことに気をつけながら、ひとつの文字を完成させる書道は、音のない世界にいる私を夢中にさせました。最近では、書道をする機会がありませんが、独特な墨の匂いもはっきりと思い出すことができます。

書道教室以外では特別な練習をしたわけではないのですが、小学校3年生のときには、二段のお免状をいただけるようになりました。また、地元の書道コンクールに応募をし金賞をいただき、新聞に載ったこともありました。

中学生のころは周りのみんなが書いていた丸文字がかわいく見えて、せっかく習った正しい美しい文字の書き方を捨てていた時期もありました。でも大人になるにつれて、自分を表現する最大の手段である文字は、とても大切なものだと思うようになりました。最近では、書道にもいろいろな表現方法があるようで、とても興味があります。またいつか、本格的に書道の勉強ができたらいいなと思っています。

私は、書き文字に、その人自身が表れると感じています。ですから、特に筆談ホステスと呼ばれるようになってからは、少しでもきれいな字でお客様をおもてなししたいと、美しい字を書くようにいつも心がけています。

# 5 私は「宇宙人」？

お稽古事というと、もうひとつ思い出す出来事があります。

幸いなことに、私は耳が聴こえないという理由でいじめに遭った記憶は、あまりありません。

でも、通っていたスイミング教室では、周りの子にからかわれたり、笑われていたり、悪口を言われたりしました。私の話す言葉の発音やイントネーションが、健常者のそれとは違い、なんだかおかしいと笑っている子が何人もいたのです。

しだいに、いじめっ子たちは、陰でばかりではなく私のことを嘲笑し始めました。

「外国人！」

「アメリカ人！」

「宇宙人！」

そう言っていたそうです。ところが悲しいことに、そんな悪口さえも私の耳には届きません。

その子たちが、私のほうを見ながら、笑いながら何かを話しています。

「何か私のことを言っているのかな？」

そのときでさえ、そんなふうに思っただけでした。

悪口を言われているのだと教えてくれたのは、やっぱり幼なじみの美幸です。美幸は、私へ向けられた心ない悪口をまるで自分への言葉のように悔しがってくれました。

そしてもうひとり、私への悪口を、美幸と同じように怒りをもって受け止めてくれた人がいます。それは兄でした。私は、美幸に聞いたことをすべて兄に告げました。すると兄は、いじめっ子たちのところに飛んでいきました。悪口をもう二度と言わないように、きつくきつく言い含め、ときにはケンカをしてどんな方法を使ってでも、コテンパンにやっつけてくれたのです。

兄や美幸、美幸のお兄さんのおかげで、悪口を言われた程度で事態は収まり、スイミング教室でそれ以上のいじめに遭うようなことはありませんでした。しかし改めて自分の話す言葉は、ほかの人が話す言葉とはやはり違っているのだと思い知らされました。正直なところ、がっくりとした気持ちになったのです。
それまでは、普通に話をしているつもりでした。ところが
「外国人！」

「アメリカ人！」

「宇宙人！」

いじめっ子たちに、そんな嘲笑を受けてしまうレベルであり、やはりスムーズには話せていないのだなと初めて気がついたのです。

いわゆる難聴者の中にも、軽度から重度まで、いろいろなレベルの人がいます。軽度の人の中には、電話での会話までできる人もいます。しかし私の難聴のレベルは、残念ながら重度です。まったく音は聞こえず、正確に表現するならば聾者と言ったほうがいいでしょう。

言葉を覚える前に音を失ったため、私は各言葉の正しい発音を知りません。前にも書いたとおり、聾学校で発声の勉強をしましたが、それは言葉を覚えるために必要だったからです。いくら私が一生懸命に話をしても、やはり家族や、よほど親しい友人でなければ、私の言葉、発する音声が何のことだかさっぱり理解できないのです。

生まれ持った性格もあったのでしょう、そのスイミング教室の出来事で私が引っ込み思案になるようなことはありませんでした。でも私が話しているはずの言葉がわからない人が大勢いる、自分が重度の障害者であるという現実に初めて直面したのです。

ほかの子と同じような体験をさせたいという両親の思いから、いろいろな習い事をしていた幼少時代。「ピアノも習っていたんですよ。もちろん、なにも聞こえませんでしたけどね」

【コラム】

# 「10代のころは、私の前ではよく泣いていたんですよ」

幼なじみ　八幡美幸さん

隣の家に住む、同い年の美幸さん。物心ついたときから、現在に至るまでずっと里恵とは親友同士。

「里恵は、子供のころから明るくて元気でした。強がりで、泣くことがダサいと思っている性格は、やはり耳が聴こえないからこそ育まれた気がします。でも10代のころは、私の前ではよく泣いていたんですよ。だいたい友だちとケンカをした、誰それが真意をわかってくれないなどの人間関係でのことが多かったですね」

幼いころからの里恵の素顔を見てきた美幸さん。泣き顔を知っている数少ない友人のひとりだ。

「里恵は、人と同じことをするのを子供のころから嫌うんですよ。どうしてもいつも目立ってしまって、子供のころは人から誤解されることも多かったですね。それは耳が聴こえる、聴こえないということとは無関係の彼女の性格的なものだと思います。そして、誰に何を言われても構わないという強さも持ち合わせているので、なかなかほかの人には理解されにくいタイプかもしれません」

自分が里恵の行動を怒ったり、非難したりするのはよくても、ほかの人が里恵のことを悪く言うのを聞くのには抵抗があると笑う美幸さん。それは、まるで里恵の本当の姉妹のような微笑だ。

「私と里恵の関係は、その時々でどちらかが姉になったり、妹になったり。とてもよくバランスが取れています」

「友だちというより家族」

里恵も、美幸さんとの関係をそう言いきる。

「私と美幸は、気が合う、性格が合うというのではないのです。性格や考え方は、まったく違いますから。でも家族ですから、そんな合う、合わないや、好き、嫌いを超越して、ずっと付き合っていくのが当たり前の存在です」

里恵と美幸さんは、お互いがなくてはならない、かけがえのない親友同士なのだ。

# 6 小学校入学

私のような難聴者が小学校に入学する場合、大きく分けてふたつの選択肢があります。ひとつは、みんなと同じように普通学校に通うという選択と、もうひとつが聴覚障害者や視覚障害者、知的障害者、肢体不自由者などが通う特別支援学校への入学です。

私は普通学校の小学校へ進学することになりました。でも、それは兄や美幸が通う地元の学校ではなく、自宅からは少し離れた小学校です。わざわざ別の学区に通うことになったのは、そこに聴力障害者のための特別な教室、「きこえの教室」が設置されていたからです。「きこえの教室」とは、主要科目の国語と算数のみ、クラスメートとは別の教室に行き、「きこえの教室」専属の先生にマンツーマンで授業を教えてもらえるというシステムでした。

そんな理由で、誰も知り合いのいない小学校に通うことになりましたが、思いのほか楽しく、元気に登校していました。このころの私といえば、スカートやピンク色などかわいいものが大嫌い。いつもズボンをはいて、男の子と走り回って遊んでいるような子でした。よくいえばボーイッシュ、実際はかなりやんちゃなお転婆娘といった感じでしょうか。

その一方で、本を読むことが大好きでした。目から入ってくる情報は、耳が聴こえない私にとって大きなウエイトを占めます。

ある日も学校の帰り道に、本を読みながら道を歩いていました。そんなことをすれば誰だって危ないのですが、音の聞こえない人間が前を向いて歩かないなんて、危険極まりない自殺行為です。小学校低学年だった私は、それがそんなに危ない行為だと気がついていませんでした。読んでいた本に熱中して、周りのものが何も見えなくなっていました。ふと、体が何かに当たりました。

「なんだろう？」

そう思って顔を上げてみるとビックリ。私は道のど真ん中にいたのです。そして私がぶつかったのは、停車中の自動車でした。停車中といっても、私が道の真ん中を歩いていたため、走るに走れなかっただけ。

運転席には、怒った顔をした男性が座っていました。

きっとクラクションを鳴らし続けていたのでしょう。でも聴こえない私は、まるでそれを無視するかのように、道の真ん中を悠然と歩いていたに違いありません。

「@□●×※&○■$%！」

何か私に向かって言っています。聴こえなくても、さすがにすぐにわかりました。怒鳴り声を上げているのです。

私は、ごめんなさいと思うよりもまずビックリしてしまい、心臓がバクバクしていました。そして、慌てて歩道のところまで走っていきました。

運転をしていた方は車の窓ガラスを開け、何か叫んですぐに走り去っていきました。

「馬鹿野郎！　轢《ひ》かれたいのか！」

きっと、そんなことを言っていたのでしょう。それはそうです、私は車に轢かれていても文句を言えない危険な行為をしていたのです。

でもその場では、慌てふためいてしまって、謝ることができませんでした。

あのとき車を運転していた方、本当にごめんなさい。それからは、私は人一倍注意をしなければいけないことを自覚し、目で見える情報を大切にするようになりました。以来、本を読みながら歩くのは一切やめました。

かわいらしくポーズを取っている里恵(右)。
「学芸会で、劇をやったときのものですね。
劇は確か『3匹の子豚』で、子豚の中の1匹
の役をやったと思います」

# 7「きこえの教室」

兄や美幸はいませんでしたが、新しい友だちもたくさんでき、勉強も楽しかったので小学校に通うのは大好きでした。「きこえの教室」のおかげで、小学生のころはどちらかといえば勉強も得意なほうでした。成績はいつも上位で、授業で苦労した記憶もとくにありません。テストは、「きこえの教室」で習う国語と算数も含めて、すべての教科をみんなと同じ教室で同じものを受けます。両隣の子や前に座っている子が、成績のよかった私の解答用紙を一生懸命にのぞき見していたくらいでした（笑）。先生も尊敬できる立派な方が揃っていたように記憶しています。

でも、どうしても忘れられない悲しい出来事があります。いまだに許せない先生がたったひとりだけいるのです。

それは4～6年生まで「きこえの教室」を受け持ったAという先生です。ほかの先生に対しても威圧的な態度を取るなど、学校内でとても怖い先生として知られていました。

たんに厳しい先生だから、嫌だったわけではありません。先生は、授業もあきらかにやる気がなかったのです。せっかくの「きこえの教室」なのに、気の抜けた自習のような授業ばかり。A先生に習う以前の1年生から3年生のときまでは、もちろんそんなことはありません。子供心にも呆れたものでした。

そんなある日、いつものように教科書の問題を解くように言われ、またもや自習のような授業が行われていました。どうしてもわからない問題があり、私は嫌だなと思いながらも、恐る恐るA先生に質問をしました。すると、なんと彼は、読んでいたマンガ本から顔を上げることもなくこう言い放ったのです。

「自分で考えろ！」

これでは、「きこえの授業」の意味がありません。どうしてもわからないので教えてくださいと何回も頼むと、いかにも面倒くさいといった感じで、しぶしぶ勉強を教えてくれるといった具合でした。

それから数日経った別の日、「きこえの教室」での授業中、私は急にお腹《なか》が痛くなりました。A先生に訴えると、またもやこんな驚くような答えが返ってきました。

「医者じゃないから、そんなの俺にわかる訳はないだろう」

この返事には、さすがにビックリ。

「いくら先生でも、その返事はひどすぎる」

そう思った私は、すっかり頭にきていたこともあって、そのまま黙って教室を出て保健室へと向かいました。そのころから嫌なことがあると保健室に行き、そこの先生に話をするようになっていました。でもそれは何の問題解決にもなってはいないことに、まだそのときは気がついていませんでした。

そんな反抗的な態度が、さらに彼をイラつかせていたのかもしれません。ある日、「事件」は起こりました。きっかけが何だったかは、もうはっきりと思い出すことはできません。きっと私が、先生のご機嫌を損ねることをしたのか、うっかり言ってしまったのでしょう。

授業中、私に怒ったA先生が、デカデカと黒板に白いチョークでこう書きました。

「君は神に耳を取られた」

日ごろから耳の聴こえないのが当たり前だと思い、私は自分の障害のことをあまりくよくよ考えたり、暗い気分に陥ったりすることはありませんでした。考えても仕方のないことだと、子供心に割り切って考える癖がついていたのです。

そんな私ですが、

「君は神に耳を取られた」

という大きな文字を目にした瞬間、悔しさと悲しさでいっぱいになりました。我を忘れた私は、A先生に向かって思いっきり教科書や筆箱などを投げつけ、言葉にならない金切り声でできた罵声を浴びせかけて教室を勢いよく飛び出しました。そして、いつものように保健室に駆け込み、先生への怒りを滝のように吐き出したのです。

最悪なことに、それだけでは「事件」は終わりませんでした。

数日後、みんなと一緒に給食を食べていると、突然、教室にA先生がやってきました。急な訪問者にクラスメートのみんなも何事かと注目している前で、彼は私を一瞥すると黒板にまたもや大きな白い文字で書きなぐったのです。

「君は神に耳を取られた」

それも、黒板が白い文字で埋め尽くされるほどいっぱいになるくらい何度も何度も何度も何度も……。

それまで私は学校で一度も泣いたことはありませんでした。でもそのときばかりは、目の前のありえるはずのない恥ずかしい出来事があまりにもショックで、文句を言って抗議することも、相手にせずにその場を離れることさえもできず、ただただ滝のような大粒の涙があふれるばかりでした。

教室には本当の担任の先生もいましたが、普段から強面《こわもて》として知られていたA先生の行動がきっと怖かったのでしょう、抗議らしい抗議も一切してくれません。それどころか逃げてしまっていました。

周りの友だちは、泣き顔を見せたことがない私が号泣する姿を初めて見て、驚いていました。そして何とか励まそうといろいろ声をかけてくれました。でも私は、怒りと、泣いている自分への恥ずかしい気持ちが入り混じり、心配して声をかけてくれた友だちの手を振り払うようにして、ただただ泣き続けていました。

さすがに幼い私にはショックが大きすぎたのでしょう、その後のことは何がどうなったのかよく覚えていません。どうやってその場が収まり、その後どうしたのか、その日どうやって帰ったのか……思い出して、詳しく書きたいという気持ちはあるのですが、何時間考えても無理でした。

両親には一言も話すことができませんでした。

「話をすれば、心配をかけてしまう」

小学校高学年になったころから、だんだんとその類の話はできなくなっていました。もっともっと両親に甘えて、いろいろと相談をすればよかったのかもしれません。

「耳が聴こえない分、ほかの人より何でもできなければ周りの人には認めてもらえない」

そんなふうに両親に言われ続けていたので、それがプレッシャーになり、私は心の内を話せなくなっていました。もちろん今となれば親の考えていたことや言っていたことも、よくわかるのですが。

その「事件」後は、「きこえの教室」では、A先生のご機嫌を損ねないよう、ひたすら息をひそめるようにふるまっていました。私がどんなに嫌っていても、「きこえの教室」を受け続けなくてはいけなかったからです。

「もうA先生の授業は受けたくない。私もみんなと一緒に国語と算数の授業を受けたい！」

何度、そう訴えたかったことでしょう。

でも誰に訴えればいいのか、それすらわかりませんでした。

つらい耐える日々もなんとか過ぎて、小学校を卒業する日は、本当にホッとしました。

「これでA先生とは、二度と会わなくてもいいんだ！」

卒業式よりも、そのことのほうがなん倍も嬉しかったくらいです。

まさか8年後に、驚くようなところでA先生と再会するとは、そのときは思いもしませんでした……。

「よく家族で、一緒にキャンプに出かけたり、いろいろな場所に連れて行ってもらいました。これも、どこかへ行ったときに撮ったものです。後ろで笑っているのは兄です」

# 第2章　私は不良ですか⁉

# 1 普通中学校進学

中学校も聾学校ではなく、兄も通っていた普通中学校に通うことになりました。もちろん、隣に住む美幸とも今度は同じ中学校です。私が別学区の小学校に通っていたので、かつて幼稚園や保育園で一緒だった友だちや、それまで美幸を通じて知り合った地元の小学校に通っていた子たちとも、やっと同じ中学校の仲間として仲よく付き合えることになったのです。

一気に増えた仲間は、私の耳が不自由だということを気にせず付き合ってくれる気立てのいい友だちばかりでした。私も、気の置けない彼らとの付き合いを存分に楽しんでいました。

中学校では、私を障害者としてではなく、分け隔てなく接してくれるこんな友だちが大勢いたからこそ、ケンカも安心してすることができたのだと思います。

だから私も自分の障害を臆することなく、さらけ出すことができました。悪意のないからかいを受けたときや、ちょっと言い合いになりそうなときに、当時の私には決め台詞《ぜりふ》がありました。

「私は耳が聴こえないから、何を言っているのかわからない！」

声にならない声ですが、そう答えると相手も私も笑いだし、また元通りの仲良しです。

また宿題を忘れたときなどにも、この決め台詞は、とても役に立ちました。

「耳が聴こえないから、宿題が出ていたのがわかりませんでした」

そう先生に言い訳をすると、たいてい許してもらえました。

「嘘ばっかり言って！」

呆れ果てた美幸の顔が今でも忘れられません。

中学校に入ってからは行動範囲も広がり、みんなでいろいろなところに遊びに行くようになりました。耳が聴こえなくても、私もほかの中学生と同じです。みんなとプリクラを撮ったり、ゲームセンターに行ってゲームをしたり、カラオケに行って歌って踊ったり。そんな他愛もない普通の遊びがとても新鮮で楽しかったのです。

「耳が聴こえないのに、カラオケに行くの？」

今でもよく、そんな質問をされます。でも私だけではなく、カラオケの好きな難聴者は結構いるものです。当然、私にはみんなの歌っている声は、まったく聞こえません。でも、ああ、こんな歌があるんだと感心しながら歌詞を読んだり、ノリノリで歌う友人の姿を眺めたりするだけでも楽しいものです。

もちろん、私も自分の持ち歌を歌います。歌は美幸やほかの友人たちから教えてもらいました。当時の私の得意のレパートリーは、『翼をください』とＰＵＦＦＹの『これが私の生きる道』です。もっとも『これが私の生きる道』は、歌うというよりも、みんなで大騒ぎをしながらカラオケボックスの中で踊ってばかりいました。

ちなみに、今でもよくカラオケに行きます。お店が終わった後に、アフターでお客様に連れて行っていただくのです。

さすがにお客様の前で、当時のようなナゾの適当な踊り（笑）を披露するわけにはいきません。まして、きちんと歌えているかどうかさっぱりわからないのに、私がマイクを握るわけにはいきません。お客様や一緒にアフターに行った女のコの歌を黙って見ているのですが、その際に私ならではの楽しみ方があります。それは、歌っているお客様の喉を触らせていただくのです。

皆さんも声を出しながら、自分の喉を触ってみてください。高い声を出すときと低い声を出すときでは、喉の震え方が違うはずです。もしかしたら喉仏がある分、男性のほうが、その違いがわかりやすいかもしれません。

喉を触らせていただきながら、いろいろと想像します。

「このお客様の声は、どんな感じなのかしら」

「この曲は、どんなメロディなのかしら」

こんなふうに耳が聴こえないからと言って、カラオケや音楽がまったく楽しめないというわけではありません。もし皆さんのまわりに聴覚障害者の知り合いがいたら、カラオケが好きかどうか尋ねてみてください。そして、もしその方がカラオケ好きならば、一度一緒に楽しんでみてはいかがでしょうか？

## 2 殺される！　母親が包丁を振り上げて……

楽しい中学校生活の一方で、私を悩ませていたものがありました。それは両親との間に生まれた確執でした。

もともと私の両親は、しつけには厳しいほうでした。中学に入ったころから一段と厳しくなったのです。当時の門限は夕方の6時。5分遅れただけで顔に青あざができるほどひどく叩かれたこともありました。

門限に遅れて親に叩かれ、翌日顔を腫らして学校に行くと、さっそく先生から呼び出しを受けました。先生は、私が誰かと取っ組み合いのケンカをしたのだと勘違いしたようです。

「誰とケンカをしたんだ？」

案の定、そう尋ねられました。

「親に叩かれました」

私がケロリと答えると、先生もビックリ。

中学生になって友だちと遊ぶことが楽しくて仕方なかった私は、家に早く帰るのが苦痛でした。

「どうせ5分遅れただけでも叩かれるのならば、もっと遅く帰ってしまえ」

当然、そう考えるようになっていきました。学校帰りに友だちと寄り道をして遊んで帰るのが、だんだんと習慣化していったのです。帰りの時間が夜の10時、11時と、どんどん遅くなっていったのがこのころでした。

最初は、ただおしゃべりをしていたり、海で花火をしたり、ゲームをしたりと、その遊びもまだまだ中学生らしいものでした。でも夜に家を抜け出して集まっているような中学生が、いつまでもそんなに品行方正なわけはありません。そのうちだんだんと先輩や友だちの影響を受けて、見様見真似で慣れないタバコを吸い、お酒を飲むことまで覚えていきました。

もちろん隠れてタバコを吸ったり、お酒を飲んだりしていましたが、ある日、友だちと一緒に撮った写真を見つけた両親は激怒しました。

「何だ、これは！」

それもそのはずです。タバコをしっかりと片手に持った写真だったのです。

それからは親の前だからといって、いい子を装うのも面倒になってきました。すべて、もうばれてしまったのですから。髪を茶色や金色に染めてみたり、スカートを短くしたり、私は自分の思うままにふるまうようになりました。もうめちゃくちゃ、完全に不良と呼ばれる容姿でした。

当然、先生にも何度も何度も怒られました。学校の制服がダサいからと、校則を無視し、スカートをすごく短くして登校していました。母親が、そんなことのためにスカートの丈つめをやってくれるわけはありません。わざわざお直し屋さんに自分で頼みに行き、きれいなミニスカートにしてもらっていました。でも服装検査でひっかかると、せっかくお金をかけて直したスカートは没収です。また新しく丈の長いダサいスカートを購入しなければなりません。いったい何着のスカートをお直し屋さんに出し、没収されたことでしょう。

今考えてみると、それだけ何度も同じスカートを買わされたら両親も怒るはずです。それに、それだけでは収まるはずもなく、親まで何度も学校に呼び出しを受けて、先生から怒られたりもしていました。

そのたびに両親は激怒し、私は反抗的な態度を取るので、特に母親とは派手なケンカを毎日のように繰り返すようになったのです。

「自分がカッコいいと思うことをしているだけで、誰にも迷惑をかけていないのに何が悪いの！」

当時の私は、そう考えて、まったく反省をしていませんでした。髪を金髪にしていても、後輩や同級生をいじめたり、人の物を巻き上げたりなどは一切していなかったので、自分のことを不良やヤンキーだとすら思っていなかったのです。しかし周りからは青森一の不良娘などと呼ばれていたそうです。

そんな自分勝手な開き直り方をし、家に寄りつかずに反抗し続ける私は、親にとって「不良」そのものだったでしょう。

「里恵を聾学校だけに入れればよかった」

「教育を間違ってしまった」

私が中学に入ってから、いつも両親はこぼしていました。

「恥！」

これは、当時の母の口癖でした。

「里恵がまったく言うことをきかないと、このままではお母さんが自殺してしまうかもしれないよ」

父からは、そんな手紙が来たこともありました。

「何これ。これじゃ、まるで脅しじゃない！」

私は、ますます反抗するばかりでした。

派手なケンカがだんだんとエスカレートし、そのうち母は、出刃包丁を持って私を追いかけたり、馬乗りになって首を絞めたりするようにまでなってしまいました。

ある日もいつものようにケンカが始まりました。きっかけは覚えていませんが、私が遅くに外出をしたとか、タバコを吸っていたとか、そんな理由だったと思います。

母が怒って包丁を片手に向かってきました。その表情は、すでに「鬼」そのものです。

「追いつかれたら、ホントに殺されてしまう！」

なんとか捕まらないように、居間から台所へと家中を逃げ回りました。しかし残念ながら、そんなにいつまでも逃げ回れるほど我が家は広くありません。そのうち母に、グイっと左腕をつかまれてしまいました。私は必死にその手を振り払おうとしました。でももう一方の手には包丁がしっかり握られているため、それが怖くてあまり大きく動くことができません。もみ合っているうちに、いつの間にか転んでしまいました。同時に私のお腹の上に母がすかさず馬乗りになりました。そして手をバタつかせて必死になって暴れる私に向かって、ためらいもなく包丁を振り上げたのです！

「殺されてしまう！　助けて！」

私は、心の中で大声を上げていました。

もうダメだと思ったその瞬間、チャイムが鳴りました。

正確に言えば、チャイムが鳴ったと『わかった』のです。

母が玄関のほうを見て、すっと立ち上がったからです。その顔からは、先ほどの鬼のような表情は、すっかり消えています。見慣れた母の顔が戻っていました。

そして包丁を台所にしまうと、何事もなかったかのようにお客様を迎え入れたのです。私は、その余りの変わりように驚きながらも、よろよろと起き上がり、その場に呆然と立ち尽くしていました。すると、母は微笑まで浮かべて私に命じました。

「お客様がいらしたから、里恵は二階に上がってなさい」

その豹変ぶりには、とても驚きました。

「よかった、助かった」

何が何だかわかりませんでしたが、とにかくその場を離れようと、私は足早に自室へ逃げこんだのでした。

原因が、もともと自分にあることとはいえ、私は本気で恐怖を感じていました。

「このままでは、いつか殺されてしまうのではないか」

そう真剣に考えていました。まるで自分が、ホラードラマの中の登場人物のような気さえしていたほどです。そのころは、本当に家にいるのが恐怖で苦痛でした。

でもそうやって追いかけられるよりも、もっと嫌なことがありました。母が大切な私の友だちに文句を言うのです。

兄は頭がよく、生徒会長を務めるような優等生で親からの信頼も絶大でした。その一方で、やんちゃなことをしている友だちとも仲よくやっていけるタイプの人だったので、髪を金髪に染めた兄の友だちも、うちによく遊びに来ていました。その金髪君とは、母もにこやかに話をするのに、私の友だちは全員毛嫌いしていて、態度にも露骨に出ていたのです。それが私には、何よりも我慢できませんでした。

私が親の言うことを聞かなくなり、タバコやお酒などに手を出して悪くなったのは、すべて友だちのせいではないかと母は考えていたようです。

友だちに向かって、ヒステリックな調子で文句を言うこともよくありました。その中でも一番の被害者は、幼なじみの美幸でしょう。私が髪を染めたり、タバコを吸ったりしているのは、すべて美幸の影響だと母は決めつけました。

「もう里恵とは付き合わないで！」

母が美幸にそう宣告したこともありました。

私が今までどれだけ美幸に助けられてきたのか、母も知っているはずなのに、感情的になっていたのでしょう。でも私も、そんな母を許すことができません。怒りの感情の赴くままに、それを母にぶつけて、また大ゲンカに……。

毎日毎日、そんなことの繰り返しでした。

「こんな家は、早く出てしまいたい」

私は、いつしか、そう思うようになっていました。そして、数日間から数週間単位の家出を頻繁に繰り返すようになったのです。

家出は私が働きだしたころまで続きました。気に入らないことがあると、すぐに家を飛び出していたのです。

そして働きだしてからも、両親との関係は、よくなることはありませんでした。以前のように取っ組み合いの大ゲンカや、出刃包丁を持って追いかけられるようなことはなくなりました。両親も少しずつ諦めたり、黙認したりすることが増えたようでした。

長い間、ずっと親の態度に反発をしてきた私ですが、やっと最近、少しずつ変わりつつあります。やんちゃだった当時の自分の写真を見るのが、とても恥ずかしいのです。

「なんでこんな格好をして、得意げにポーズを取っているのだろう」

自分では思っていなかったとしても、その姿をほかの人が見たら、不良と言われても仕方ないような写真もあります。

長い年月がかかりましたが、やっと私も大人になってきたのでしょうか。あともう少し経てば、両親があんなに怒っていた気持ちも、深く理解できるようになる気がします。

# 3 学校一の問題児

中学2年と3年のときは、学校でも怖いと評判の先生が担任になりました。今考えると、もちろん私たちが悪いのですが、授業中にうるさかったり、学校の規則を破って髪を染めていたりマニキュアを塗っていたりすると、イスを投げて暴れるような先生でした。ある友だちなどは怒られて、髪をつかまれ壁にガシガシと打ちつけられていたことさえあります。別の友人が助けに入ると、その友人まで先生にやられてしまったことも! 怒られれば怒られるほど、先生の言うことを聞きたくないのが反抗期です。とにかく毎日、壮絶なバトルが繰り広げられていました。

タバコに飲酒、カラフルな髪色にミニスカートでの登校と、当然、学校からは要注意人物として目をつけられていた私。

「ほかの人に迷惑をかけているわけではないのに、何が悪いの?」

自分では悪いことをしているという自覚がないだけに、先生の注意も上の空。そんな開き直ったような気持ちは、当然態度にも表れていたようです。

「里恵には、一番手がかかる」

そんなことを先生からは、いつも言われていました。


要注意人物として目をつけられていただけに、授業中にわからないことがあって隣の席の子に聞いていても、ただふざけていると間違われ怒られることもありました。

「耳が聴こえないから、教えてもらっていました」

反抗期の私にそんなことが言えるはずもありません。

今度は怒られないように静かにしていると、授業もわからないことだらけです。どんどん勉強についていけなくなり、中学校ではすっかり落ちこぼれに転落していました。


授業は退屈でしたが、学校自体は友だちがいるので大好きでした。

いつも放課後は、仲のいい友だちと学校の裏に集まるのが日課になっていました。ただ喋ったりふざけ合っていただけではなく、そこで隠れてタバコを吸ったりしていたので、先生方からは不良のたまり場のように思われていたようです。

教室からチョークを持ち出し、みんなで壁一面に先生の悪口を書きまくったこともあります。もちろんそんな落書きは、すぐに見つかってしまいます。先生に怒られて、壁がきれいになるまで掃除をさせられました。

そんな反抗期真っ最中のある日、事件が起きました。

私はたまたまいつも集まる「不良のたまり場」には行きませんでした。どうしてだったかは覚えていませんが、ほかの友だちと遊びに行ったか、何か違った用があったのでしょう。

その日、学校裏でボヤ騒ぎが起きたのです。原因はよくわかりませんが、聞いたところによると放火のような意図的なものではなく、寒いから何かを燃やして暖まろうとしていたら、思いがけず火が広がったということのようでした。

そこにいたみんなで、すぐに火を消したため、幸いにも大事には至らなかったのですが、さっそく学校では犯人探しが始まりました。その犯人らしき人物のひとりとして、いつもそこに集まっていた私も当然のごとく呼び出しを受けたのです。

私は、その日は現場にいなかったことを先生に伝えました。ほかの友だちも、私がいなかったことを証言してくれました。しかし日ごろから反抗してばかりいた不良娘の話を、先生はまったく信じてくれません。いくら否定しても、まったく受け入れられることなく、とうとう私も一緒にその場にいたことになってしまいました。

この件で何か失うものがあったわけではありませんでしたが、全然信じてもらえなかったことで、すっかり学校嫌い、先生嫌い、大人に対する不信感を持つようになっていました。口でうまく意思が伝えられないもどかしさもそこにはありました。

里恵が楽しい時間を過ごした中学校を卒業するときの写真。前列右から4番目。「決していい生徒ではありませんでしたが、友だちとたくさん遊んで、毎日が楽しくて……。今でもいい思い出です」

【コラム】

## 「私に殺されかけたと、今でもいろいろな方に言うんですよ」

斉藤里恵の母親

小学生のころは、「いい子」だった里恵が、中学校に入ってどんどん変わっていく姿に両親はとても困惑したと言う。

「悪いことをする子ではないと信じきっていたので、遅く帰ってくるようになり、タバコを吸っている写真を見つけたときは、本当にショックでした。里恵は、いったいどうしてしまったのだろうと。中学校に入って、勉強についていけなくなったことも原因のひとつではないかと思い悩みました」

そう母が話すように、里恵のような難聴者の場合、その障害を考慮して聾学校に入学する生徒も少なくない。それを敢えて普通学校に入学させたことが負担になったのではと、両親は後悔したのだ。

「高校に入るためには当然受験がありますから、里恵の望む学校に入れるかどうかはわかりません。せめて中学校までは自由に選ばせてあげたい、ほかの同い年の子たちと同じ生活をさせせてあげたいと考えたのです。普通学校に入学するときに、里恵の障害に対する特別扱いは一切できないと言われました。例えば、授業にカセットテープを持ち込むことができたら、私たちが家で勉強を教えてあげることもできたのでしょうが、特例は何ひとつ認められませんでした。そんな経緯もあったので、最初から勉強についていけなくなり、里恵の成績が下がってしまうことは仕方がないと思っていました。でも実際に勉強についていけなくなり、授業についていくのに苦労をしたのは里恵です。里恵に普通学校に行ってもらいたいという私たちの思いは、単なる親のエゴで、障害を持つ彼女にとっては負担が大きかったのかもしれません」

両親は、そのときの気持ちをそう振り返った。

当時を思い出してみると、わざと悪いことをしているのをアピールしていたようにも見えたと両親は話す。

「タバコを吸うにも、家の中で隠れてコッソリという感じではなかったんです。学校の前にある自動販売機で堂々と買って、学校の先生に見つかっていたこともありました。もちろん、すぐに学校から呼び出しを受けましたよ」

そんな娘の大胆な行動を測りかね、両親もどうしていいか日々思い悩んでいたという。夜、家を抜け出して遊びに行く里恵を、母は車で尾《つ》けたことさえあるそうだ。

「いつもどこに行っているんだろうと思ったんです。それで、まるで探偵のように、車で後ろを尾いていきました。道がでこぼこしているところで、車のヘッドライトの光が上下に揺れてしまい、それでその光に里恵が気づいたんです。その瞬間に怖い顔をしてこちらを睨み、私を追い払う仕草をしました。ばれてしまってはついていくことはできないと、諦めてその日は帰りました。また別の日は夜こっそりと出て行く里恵を走って追いかけたこともありますが、最後までついていくことは一度もできませんでした。そんなことばかりが思い出されます」

そうしたことが積み重なり、だんだんと里恵の言う『派手なケンカ』につながっていったそうだ。

「里恵は、そのころ私に殺されかけたと、今でもいろいろな方に言うんですよ」

母は少しさびしそうに笑った。

「確かに厳しく叱っていましたし、叩いたことも何度もあります。当時は、私も必死だったんです。それが、行き過ぎた行動になってしまったんでしょうね。それに里恵の友だちに電話をかけて、私がいろいろと文句を言ったと、今でも里恵に責められます。それも里恵がなかなか帰ってこなくて『うちの子が伺っていませんか?』って、心配のあまりいろいろと電話をかけたことが原因のようです。そうしたことが、そんなに悪いことだったのかとも思いますが、里恵が今でもわだかまりを持っているということは、きっとやりすぎていたこともあったのでしょう。でも私は、そのことを里恵がどんなふうに今回の本に書いてもいいと思っているんです。

それが里恵の感じた正直な気持ちでしょうから」

# 第3章　働く喜び

## 1　つまらなかった高校生活

中学校ですっかり勉強についていけなくなっていたこともあり、高校には進学する気持ちはまったくありませんでした。洋服が大好きでファッションに興味があったので、服飾の専門学校への入学を希望していたのです。しかし、担任の先生は猛反対。絶対に高校は卒業したほうがいいと私を説得します。どうしてもダメだと反対され続け、先生の意見に押し切られる形で仕方なく高校に進学することになりました。

勉強ができなかったため、私の入学できる学校は限られていましたが、それでも学校からの推薦を受けて無事に県内の私立高校に入学が決まりました。中学校で仲良くしていた友だちがほとんどいない、まったく新しい環境に飛び込むことになったのです。

高校では、すぐに仲のいい友だちもできて、かわいい制服もお気に入りでした。でも自分が望んで高校に入ったわけではないという気持ちがどうしても捨てきれず、高校生活は楽しくありませんでした。

友だちと一緒に学校を抜け出しプリクラを撮りに行ったり、ゲームセンターで遊んだり。すぐに体育とパソコンの授業だけしか出席しなくなり、またしても親まで入学早々から先生に呼び出しを受ける始末でした。もちろん、親からもすごく怒られて、ますますやる気は低下する一方です。

きちんと学校に通っていた入学直後は、親に毎日2千円ほどお小遣いを貰って、その日のお昼ご飯と必要なものを買っていました。しかし、学校に行かないのですから当然そのお小遣いは貰うことができません。

お金がなくなって、一番悲しかったのは大好きな洋服が買えないことでした。まだこのときの私には、アルバイトの経験もありません。耳の聴こえない自分にどんな仕事ができるのか、15歳の私には想像もつきませんでした。ただ途方にくれて、好きな洋服屋さんを意味もなくブラブラする毎日が続いていたのです。

## 2 万引きとアルバイト

そんなある日、中学生のころからよく買い物をしていたアメリカンカジュアルの洋服屋さんに行きました。お金がないので見るだけのつもりでしたが、なんとなく欲しかった服を手に取り、何も考えることもなく、そのままカバンの中に入れてしまいました。

もちろん万引きが悪いことだとはわかっていましたが、そのときの私はどうかしていたようです。罪悪感もなく、出来心というよりも何も考えずに、ただなんとなく犯してしまった罪でした。

会計の済んでいないものを持って店外に出れば、洋服につけられている盗難防止用のタグに反応して店内のブザーが鳴ることくらい、耳の聴こえない私でも知っていました。

「ブザーが鳴ってしまうだろうな」

そんなことも気にせずに、ただフラフラっとお店の外に出たのです。

私には聞こえませんでしたが、たちまち店中にブザーがけたたましく鳴り響いたそうです。

すぐにお店のオーナーが、ものすごいスピードで走って追いかけてきました。私は自分のやったことを認め、言い訳することも抵抗することもなくあっさりと捕まりました。

その瞬間でさえ悪いことをしたという自覚がなく、怒られてしまうとか、どうなってしまうとか、怖いという感情も一切わきませんでした。今思い返してみても、そのときの自分の行動や感情は、よくわかりません。

「いったい、どうしてそんなだったんだろう、私？」

まるで他人事のようですが、まさにそんな感じです。

そのままお店のバックヤードに連れて行かれ、すぐに警察に通報されました。そして警察の方が来るまでの間、オーナーが私に話しかけてきました。

オーナーは、中学生のころから買い物に来ていた私のことを覚えていてくれたようです。不思議と怒ることもなく、穏やかな表情を浮かべていました。

「自分も15歳のころに万引きをしたことがあるから、君の気持ちはわかる。君はきっと悪い子ではないはずだから、ほんの出来心だったのだろう」

そう言われたとき、初めて自分のしてしまった過ちに気がつき、大きな罪悪感に襲われました。なんてことをしてしまったのだろうと心の底から恐怖感が自分を襲ってきたのです。オーナーに必死に謝罪をし、何度も頭を下げました。

彼は意外なことを私に尋ねました。

「きちんと学校には行っているの？」

正直に、ほとんど高校には通っていないことを告げました。すると、さらに驚くべき提案をしてくれたのです。

「これからきちんと学校に行って、そのうえで君が望むなら、冬休みにこのお店でバイトをしてもいいいよ」

万引きをした犯罪者に、まさかそんな優しい言葉をかけてもらえるとは、思ってもいませんでした。そのときはただただ謝罪と感謝の言葉を繰り返し、オーナーに伝えるのが精一杯でした。


「どんな処罰をされるのだろう」

私は、連れて行かれた警察署で自分の犯してしまった罪を後悔していました。でも厳重注意を受けただけで、家に帰れることになったのです。

ホッとしました。もう二度と、こんな後悔はしたくないと心底思ったものです。もちろん両親も警察署に呼ばれていて、困惑した表情を浮かべながらも、あわてて私を迎えにきてくれました。

「自分は悪いことなんてしていない！」

それまでは誰にどんなに怒られても、そう開き直っていた私ですが、万引きはあきらかに悪であり罪に問われることです。

「もう二度と罪を犯すようなことはしない」

そう自分自身にも固く誓いを立てて、数日後、オーナーにも改めて謝罪の手紙を書きました。

それからはオーナーとの約束を守って、学校にも通うようにもなりました。


しばらくした冬休み間近いある日、例のオーナーが私の自宅まで電話をくれました。そして両親に、私がバイトをする意思があるかどうかまで尋ねてくれたのです！

もちろん大喜びでバイトを始めました。耳の聴こえない私に対して、仕事の限界を作ることもなく何でもやらせてくれました。洋服をきちんとたたむことから始まり、接客やレジ打ちまで、ありとあらゆることが新鮮でした。

私が間違ったことをすると厳しく叱り、それ以外のときは私を温かく見守ってくれていました。

働きだしてからしばらくして、私はほかの店員に思い切って尋ねたことがあります。

「オーナーは、万引きをした私をなぜ雇ったんだと思う?」

ずっと、気になっていたのです。

「里恵ちゃんが悪い子ではないと思っていたし、洋服が大好きだから、耳が聴こえなくても楽しい経験をさせてあげたいと思ったって言ってたよ」

照れ屋のオーナーは、自分からそんな話はしてくれません。その子がコッソリ教えてくれました。働かせてもらえるということに、ただただ感謝の日々でした。


バイトを始めて間もなく、このまま高校に戻るべきかどうか悩み、とりあえず一年間高校を休学することにしました。そして冬休みが終わっても、そのままお店でバイトを続けさせていただくことになったのです。

「ここで働くならば、きちんと家にお金を入れなさい」

そのときもオーナーは、アドバイスをしてくれました。その言葉どおり、いただいたバイト代から毎月3万円ずつ渡すことにしたところ、両親は泣いて喜んでくれたのです。中学に入って以降、こんなに喜んでくれたことはありませんでした。その姿を見て、私も言うことを素直に聞いてよかったと心の底から感謝しました。

初めて働きだしたので、いろいろと失敗もしでかしました。ほんの15歳の私はまだまだ子供で、働くことへの真剣さも足りなかったのです。友だちと遊びすぎて遅刻をしたり、お酒を飲んで二日酔いのまま行ってしまったり……。

「例え酔っ払いでも、お店ではちゃんとしていたほうがカッコイイだろう！」

そんなときもオーナーは、納得できるように叱ってくれました。

それでもやっぱり遅刻をして、厳しく叱られて、素直に謝れなかったこともあります。

「クビだ！」

自分が悪いのも忘れて、売り言葉に買い言葉。

「わかりました！」

そのまま、帰ってしまいました。でも、すぐに後悔が訪れます。どう考えても遅刻をした自分が悪いのです。

「すみませんでした。もう一度働かせてください」

次の日に、うなだれて謝罪に行ったこともありました。

本当にそのお店は、いろいろなことを勉強させてもらった大切な場所です。

「耳の聴こえない店員が、あの店にいる」

あとから友だちに聞いたことですが、そんなふうに地元では少し評判になっていたようでした。聴覚障害者が接客をしているのは、特に青森では珍しかったのでしょう。耳が聴こえず、接客も不慣れだった私の店員ぶりは、今でも自信があったとは言えません。

ひとりで店番をしていたときにレジの操作がよくわからず、近くのお店に助けを求めたことさえありました。今考えると冷や汗ものです。

そんな頼りない店員でしたが、ただ毎日がとても楽しく、働くことの充実感を初めて知ることができました。そして私は、毎日多くの方と接する接客業が大好きになったのです。

青森ねぶた祭りに「ハネト」（踊り手）として参加していた里恵。
「15歳くらいのころだと思います。なんだか、得意げに生意気な顔をしていますね。今見ると、恥ずかしいです！」

【コラム】

## 「思い出したんです。自分も彼女くらいの年齢のころに、よく悪さをしていたことを」

服飾店元オーナー　大室弘樹さん

「里恵が中学生のときに、よく友だちと店に買い物に来ていたのは知っていました。買い物に来ている様子を見て、『耳が聴こえない』ということも、わかっていました。でも多くの友だちと楽しそうに買い物をする里恵は、ほかの子供たちと変わらず、元気いっぱいの明るい中学生でした」

その後しばらくは大室さんが里恵の姿を見かけることはなくなっていた。

「ある日、店の万引き防止用ブザーが鳴り、その直前に店を出て行った子を追いかけました。『ブザーが鳴ったよね？　カバンの中身を見せてくれる？』と話しかけたのですが、その子の反応が普通と違ったのです。私の言っていることが、わからないようでした。それですぐに、耳が聴こえていないんだと気がつき、以前、店によく来ていたあの中学生だと思い出したんです」

でもそのときの里恵は、昔の里恵とはまったく違う様子だったそうだ。

「あんなに元気いっぱいだった子が、今まで見たことのないような覇気のない暗い顔をしていて、昔の快活な様子はすっかり影を潜めていました。それがどうしても気になり、警察の方が来るまでの間、とりあえず話を聞いてみることにしました」

すると学校に行っていないこと、家にもあまり帰っていないことがわかったという。

「どうしても、そんな里恵の様子が気になってしまったんです。そして『乗りかかった船だ』という気持ちでアルバイトをしないかと誘いました。元から働いてくれていた従業員たちは、『なぜ、万引きをして、しかも耳の聴こえない子なんかにわざわざアルバイトさせるんですか』と不安を口にしていました。そのとき、思い出したんです。自分も彼女くらいの年齢のころに、よく悪さをしていたことを。でも、助けてくれる大人に出会って自分も変わることができたんです。彼らに支えられて、自分のお店を持つまでになれたのですから、いつか世の中に恩返しをしなければと思っていました。それが、今なんじゃないかと思って。それでどうしても里恵を、そのまま放っておくことはできませんでした」

じつは到着した警官には、万引きの件はいいから、家出している里恵をきちんと家に帰るようにさせてほしいと頼んだのだという。

「後日、ご両親が揃って、お店に謝罪に来てくれました。その様子からも、里恵とどうやって接したらいいのかわからず、困り果てているのが伝わってきたんです。これは、ますます放っておけないなと思いました。数ヶ月後、里恵がバイトをすることになる直前には、『妹をよろしくお願いします』って、当時、高校生だった里恵のお兄さんまで、わざわざ挨拶に来てくれたんですよ」

最初は、働くことに反対していたほかの従業員たちともすぐに打ち解け、里恵は徐々に店になじんでいったという。

「きちんと働いてくれるのかどうか、最初は正直に言って不安はありました。でも働きだしたら、一生懸命にやってくれました。少しでも知り合った人には、里恵は満面の笑みで挨拶をするんですよ。そんな愛嬌のあるところが、周囲の人をなごませたんでしょうね。お店のスタッフだけでなく、近所のお店の人からの評判もよかったですよ。それと男の子のお客さんの中には、里恵目当ての人もいて、なかなか人気者でしたね」

大室さん自身も、すっかり笑顔の戻った里恵と一緒に働いていて、とても楽しかったと言う。

「里恵は耳が聴こえない以外は、ほかの若い従業員たちと何も変わるところはありませんでした。寝坊して遅刻したりすると、私もひいきすることなく、みんなと同じように叱っていましたし」

里恵は、よく、将来の夢を語っていたそうだ。

「障害者用の職業訓練を受けて、小さな世界に閉じこもって働くのではなく、私も健常者のみんなと一緒に働きたい」

そんな里恵の夢の足がかりを作った大室さんだが、接客業を里恵に勧めたことを少し後悔もしているという。

「里恵が働きだしてから2年ほどで、お店は経営の都合でたたむことにしたんです。ずっと私のお店で働かせてあげられたらよかったんでしょうけど……。今、里恵が水商売の道に進んでいるのは、自分が接客業の道に入れてしまったからではないかと思うことがあります。もし自分が接客業に誘わなければ、ほかの聴覚障害者と同じような職業について、それはそれで幸せに暮らしているのではないかと思うんですよ」

# 第4章　筆談ホステス誕生

# 1 高校中退➡水商売デビュー

16歳になった私は、結局そのまま高校を中退することになりました。楽しく働いていた洋服店もなくなり、次の職を探さなくてはいけなくなったのです。ファッションや美容に興味があったので、次の仕事としてエステティックサロンを選びました。やはり今までのように、お客様と毎日接することのできる接客業をやってみたいという気持ちが強かったからです。

せっかく働き始めたエステティックサロンでしたが、2年ほどしか勤まりませんでした。その間に2店舗で勤めたのですが、どちらも無駄に高額な化粧品を勧めたり、次から次へとどんどん高額なコースを組ませたりして、お客様はとんでもない額のローンを支払い続けなければいけないというシステムのお店でした。私は、それがすっかり嫌になってしまったのです。

働き始めた当初は、そんなお店だとは思いもせず、友だちや友だちのお母さんにサロンに来てもらい、施術をしていました。

「気持ちよかったよ」

そう言ってもらえると、とても嬉しくて、ますます頑張って友人たちを誘っていました。しかしそのうちに、悪い噂《うわさ》が広がってきました。

「里恵は、お金のために友だちを利用している」

そんなふうに言う人が出てきたのです。

「もしかしたら、ちょっと何かがおかしいのかも?」

高い化粧品を勧めたり、知人に何度もサロンに通ってもらうよう勧めたりする接客や営業方法がおかしいということに、やっと気がついたのでした。自分の世間知らずにも、我ながら呆れてしまいます。私もまだ当時は10代でしたし、それまではいい人ばかりに囲まれた本当に狭い世界で生きてきたのを思い知りました。そんなことがあって、私はエステの世界から逃げるように去ったのです。

でも、落ち込んでいる暇は、ありません。相変わらず親とはうまくいっていませんでしたから、働かなければ生活費を手に入れることができないからです。アパレル店員、エステティシャンを経験し、さあ、次はどんな仕事をしようかと悩んでいました。これまでのように接客業をやりたい気持ちはあるけれども、いったい自分にどんなことができるのだろうかと模索していたのです。

そんなふうに仕事を探していたある日、知人の紹介で青森の繁華街でクラブを切り盛りしているママと知り合いました。そして彼女から、うちのお店で働かないかと誘っていただいたのです。それまでホステスとして働くなんてまったく考えたこともなかったので、かなりとまどいもありましたし、やっていけるかどうか不安もありました。耳がまったく聴こえない私にお客様をおもてなしすることができるのか、ずいぶん悩みました。

「やってみなければ、わからない」

考え抜いた末、思い切って挑戦してみることにしたのです。

母は、私がホステスとして働いていると知ったときに、こう尋ねました。

「耳が聴こえないのに水商売なんてできるの？」

きっと周りの多くの人が、同じように思っていたのでしょう。でもとにかく、新しい世界でチャレンジしてみたいと思ったのです。

ホステスがどんな仕事をするのか、最初のころはまったくわかっていませんでした。水割りの作り方から始まり、おしぼりの渡し方、タバコの火のつけ方など、ありとあらゆる水商売のイロハを、その店で教えてもらいました。

耳の聴こえない私の接客の仕方は、だいたいこんな感じです。席に着くと、まずお客様にご挨拶をしなければなりません。

「里恵ちゃんは、耳が聴こえないので、よろしくお願いします」

そのときに一緒の席にいるほかの女のコが、そう説明をしてくれます。そこで私も精一杯の笑顔で、お客様にご挨拶をします。

「よろしくお願いします」

最初のご挨拶だけは、声に出して言うのですが、悲しいことに、やはり私の話している言葉は、発音が不明瞭でまったくお客様には伝わりません。それにお店の中は、ザワザワしていたり、BGMやカラオケが鳴っています。

そこで私は、バッグの中に忍ばせている〝相方〟の手のひらサイズのメモ帳とペンを使って、お客様とは筆談で会話を始めます。

いちいち書くなんて面倒くさそうと思われる方もいるかもしれません。でも時にはそのメモ帳の紙片がラブレターになったり、その場にいるお客様と女のコたちみんなで回し書きをして楽しむ交換日記になったりと、結構便利に活躍をしてくれるのです。

これはある日の、お客様と女のコたちとの筆談です。

そのお客様は、Aさんといい、ある女のコのお客様でした。私と数人の女のコがヘルプで席につかせていただきました。まずお客様の係の女のコが、いつもどおりに私のことを紹介してくれました。私もご挨拶をして、お客様一名と女のコ五名で筆談を開始しました。

筆談だと、お客様もかえって大胆なことが言えるようで、その日はエッチな話になりました。

お客様「皆さんは、どんなエッチが好きなの?」

女のコAさん「エッチって何ですか?」

女のコBさん「エッチっていう凄くいいものがあるよって、母が言ってました!」

女のコCさん「エッチって、おいしいの?」

女のコDさん「どこで買えるものですか?」

「アルファベットと恋愛の順は違うので、まずはお隣りのI(愛)についてお話ししましょ。それがない方とはH(エッチ)なお話はできませーん(笑)」

またこんなやりとりもありました。

私が、お客様のCさんとDさんの席に初めてつかせていただいたときです。

Cさん「里恵ちゃんは、Dさんのことどう思う？　タイプかい？」

「あら、ばれていましたか？　私、Dさんのような方がとってもタイプ！
ドキドキしちゃいます」

Cさん「Dさんは、お腹出ているけどいいの？」

Cさんは、お腹の出たDさんそっくりな男性のイラストを描きました。それがあまりにも上手で、私やほかの女のコも大うけです。

「そんなの関係ないです、病気でなければ大丈夫」

Cさん「口臭が強いけどいいの？」

今度は、口からモワーと臭いが出ている男性を描くCさん。さらに席は笑いの渦に。

「治していただきますから、大丈夫！」

Cさん「ワキガだけどいいの？」

Cさんは、今度は男性のわきの下から臭いが出ているイラストを描きました。それを見て、もうみんな笑いが止まらない状態です。

自分の似顔絵を描いて、

「じつは、私も足がクサイですから大丈夫です！」

一同爆笑です。

こんな感じで筆談は面倒くさいことばかりではありません。話し言葉では伝わりづらいものでも文字やイラストにすれば大笑いできるネタにもなるのです。それができるのも、筆談をしていて、そこにメモがあるからこそ。これがCさんと私の普通の会話ならば、みんなで大笑いするようなことも、きっとなかったでしょう。

最初は、筆談でお客様がついてくださるのか、私も不安に思っていました。もちろん、今でもすべてのお客様に受け入れていただいているわけではありません。でも実際にホステスになってみて、筆談には筆談ならではのメリットがあることに気がついたのです。

「筆談のメリットを最大限に活《い》かすこと」

それこそが、耳の聴こえない私がホステスとして成功する唯一の道なのです。

## 2 お局《つぼね》ホステスとの決戦！

19歳で初めて水商売を始めてから、本当にさまざまなことがありました。もちろん楽しいこともたくさんありましたが、やはり女の職場ですから、ホステス間でもいろいろと揉《も》めごとが起こります。

「なんとなく、あのコとは気が合わない」

「態度が生意気だ」

そんな些細《ささい》なことから揉めごとは始まります。

「お客様を盗った、盗らない」

だんだんとトラブルも大きくなっていきます。

私も何度か、ほかの女のコとぶつかったことがあります。そのほとんどは、青森でのホステス時代のことでした。

ある日、いつも私を指名してくださる大切なお客様がいらっしゃいました。そこにヘルプでついてくれたのがAさんです。当時30歳くらいで、年齢もホステスとしてのキャリアも、私よりずっと先輩でした。彼女は、テーブルについたときから、明らかにやる気がありません。お客様のお相手もたいしてせずお話も上の空、灰皿にタバコの吸殻がたまっても、見て見ぬふりという状態です。しばらくは黙っていたのですが、私は見かねて、新しい灰皿に換えてくれるよう頼みました。

「自分で取り換えれば？」

Aさんは身振り手振りを加え、そんなふうに私に向かって言い放ったのです。その言葉の意味を察した私は、なるべく穏やかな表情を保つように気をつけながら、すぐに筆談で伝えました。

「手が届かないところの灰皿だから、Aさんにお願いしているんですよ。
大切なお客様の前だからやめてね」

当時、水商売に慣れてきた私のお客様が増えて、私より先にお店に勤めていたAさんよりも売り上げが上がるようになっていました。きっと、それが面白くなかったのだと思います。耳の聴こえない私よりも売り上げが下回るなんて、ベテランホステスのプライドが許さなかったのでしょう。

お客様が帰られた後、すぐAさんにお店のバックヤードへ来るように呼ばれました。そして開口一番、悪意に満ちた表情で言われました。

「里恵、さっきの態度はいったい何なの？」

私も気が長いほうではありません。

「大切な私のお客様の前で、ケンカ腰の態度を取るなんて」

我慢はしていましたが、ずっとさっきから内心頭にきていたので、遠慮なく言い返しました。ケンカをするときには、筆談ではやっていられません。声にならない声をあげました。

「自分では動けないから、灰皿の交換をお願いしたんですよ。それにお客様の前であんな態度を取るなんて、恥ずかしいと思わないんですか？」

するとAさんは、小馬鹿にしたような笑いを浮かべ言ったのです。

「里恵が何を言っているのか、さっぱりわからないわ」

Aさんは、難聴者である私の弱点を馬鹿にすることで、勝ち誇ったような笑みを浮かべていました。今でも、その表情と口惜《くや》しさは忘れられません。ちょうどそのころの私は、ホステスになって初めて耳の聴こえないことの不自由さを痛感していました。

「私にとっては、耳が聴こえないのが当たり前」

それまでは、そう思って生きてきたのに、仕事を頑張ろうと思うほど『聴こえない』ことで生じる限界を感じるようになっていたのです。

お客様と私の1対1ならば、会話も筆談でスムーズにできるようになっていました。でもお客様が複数になったり、さらにそこに女のコも数名加わったりすると、完璧な接客ができなくなるときもあります。みんなの話が理解しきれないという状況を何度も経験していました。


Aさんは、そんな私の悩みを敏感に感じ取っていたのかもしれません。私は、それ以上何も反撃することができないまま、無言で睨《にら》みつけました。そしてAさんは、気分よさそうに鼻歌まじりでその場を去っていったのです。

結局その後も、彼女と私は歩み寄ることはありませんでした。むしろ、状況は悪くなる一方でした。

「里恵とは一緒に働きたくない」

Aさんは、お店のママにいつも言っていたそうです。そして私のお客様がいらっしゃっても、私の席にヘルプにつくことはなくなりました。

ママは、長く勤めている彼女と、売り上げのよかった私との間で板ばさみになっているようでした。心配をしてくれて、何度も様子を聞いてくれました。でも私は、そんなお店の状況がすっかり嫌になってしまい、とうとうお店を辞める決心をしたのです。

「やっと里恵を追い出した！」

きっと彼女は、そう思ったでしょう。でも辞めると決意をした私には、もうどうでもいいことでした。

お店を辞めてから、街で偶然にAさんと出会うことがありました。挨拶をしても、Aさんはこちらをチラりと見てから、冷ややかな挨拶を返して顔をそむけます。とうとう態度が軟化することはありませんでした。

でも私はAさんと出会ったことで、感謝をしていることがあります。それは、ひとつの決意をすることができたからです。

「もっともっと筆談に力を入れよう。耳が聴こえる人に負けない、一流と呼ばれるホステスになりたい。日本一の筆談ホステスとみんなに呼ばれるその日まで……」

## 3 お客様がストーカーに変身

本来クラブはお客様に楽しんでいただくところですから、トラブルを起こすなんて、ホステスとしては未熟でお恥ずかしい話です。でもまだ働き始めて間もないころは、お客様とのいざこざもいくつか経験をしました。

青森時代の話ですが、あるお客様から付き合ってほしいと言われ続けていました。初めからお付き合いをする気はありませんでしたが、毎日のようにお店にいらっしゃってくださる大切な方だったので、あまり突き放してお断りをすることもできず、何度も丁重にお断り続けていたのです。

ところがそのうち、お客様の態度が少しずつ変わってきました。

「帰りは、送るよ」

何度お断りをしても、お店が終わって外に出てみると待っているようになったのです。

「今日は、これから約束があるので大丈夫です。ありがとう」

そう言ってタクシーに乗り込もうとすると、お客様は、無理やり自分の車に乗せようと私の腕をつかみます。そんな押し問答を繰り返す日が続いて、私はある夜、とうとう大きな声で叫んでしまいました。

「止めてください！　もうお店にも来なくていいですから！」

大きな声を上げると、お客様はビックリした顔をしました。私の発した言葉の意味が、正確に伝わったかどうかはわかりません。でも私が拒絶したのは、はっきりと伝わったようでした。

次の日も、そんなことなどなかったかのように、お客様はまたお店にいらっしゃいました。私は複雑な気持ちになりましたが、お店の中では、一生懸命におもてなしをすることにしたのです。閉店後、お店を出ると、やっぱりお客様が待っていました。でも警戒していた私が拍子抜けするくらい、その日はあっさりと引き下がったのです。

「はっきり言ったのが、よかったのかしら」

タクシーに乗った私はホッとしました。

ところが数日後、その日は仕事が休みだったので、外出することもなく家で寛いでいました。

すると例のお客様から携帯電話にメールが届いたのです。

「車があるから、家にいるんだね。今、何をしているの？」

私は血の気が引きました。そのお客様に自宅の場所を教えたことはなかったからです。知らないうちに、きっと帰り道を尾《つ》けていたに違いありません。

幸いなことに、家族と一緒に住んでいたため、何か被害を受けたり、それ以上怖い思いをしたりすることはありませんでした。なんとかお客様の気持ちを刺激しないで、クールダウンしてもらおうと、やんわりと、でも隙を見せないようにお断りし続けました。そのかいあってか、それ以来、自宅の前に来た様子もなく、しつこくつきまとわれることもなくなりました。もちろん、お店に来る回数も目に見えて減っていきましたが、それは仕方ないことでした。恋人にはならなくても、お客様としてつなぎとめておくというホステスが身につけておかなければならないテクニックを、そのころの私はまだまだ身につけていなかったからです。もっと上手なホステスならば、むしろお客様にそんな行動に走らせるほど追い詰めてしまうこともなかったでしょう。

そんな不手際を招いてしまったのも、まだまだ実力が不足している証拠です。私が目指す一流ホステスへの道は、まだまだ険しいものでした。

## 4 クラブママが仕掛けたレイプの罠

まだホステスになって間もない20歳そこそこのときの話です。私は青森のあるお店で働いていました。仕事にもだんだん慣れてきて、楽しく働いていたのですが、心配事もありました。それは、お店のママの言動でした。

「休みの日は、お客さんとホテルに行けば？　一度くらい寝ても減るもんじゃないし、大丈夫でしょう？」

そんなことを私や女のコに、いつも平気で言うような人だったのです。当然ですが、ホステスは真心とお酒はお売りしますが、体を売る商売ではありません。私もそんなことは絶対にしたくなかったので、ママの話はただの戯言《ざれごと》と無視をしていました。

ママは笑いながら話してはいましたが、いつも目だけは笑っていません。それが、なんとなく私を不安にさせていました。

ある日、私をいつも指名してくださるお客様がいらっしゃいました。その方には、以前から何度も誘われていました。

「今日は、里恵と一緒に泊まるために、もうホテルを予約してきたから」

今ならば、お店でお客様がそんな話をされても、上手にお断りをする術を知っています。しかしまだホステスになりたてだった私は、その言葉にすっかり困ってしまい、トイレに行くふりをしながらママになんと返事をすればいいか、こっそり聞きました。

「生理痛がひどくて体調が悪いし、明日の朝も早いからごめんねって言いなさい」

私は、少しおかしな返答だなと思いましたが、打ち合わせをしたとおりの話をお客様に伝えました。

「ごめんね、生理痛がひどくて……」

するとママは、私が書き終わらないうちに驚くようなことをにこやかに言い放ったのです。

「里恵は生理ですって。今日は避妊しなくてもいいじゃない」

本当に困って、なんとか助けてくれるよう必死に合図を送りましたが、ママはそれを完全に無視しました。そして嫌がる私を無理やりお客様と一緒に店から送り出したのです。

どうやらお客様は、あらかじめ念入りに準備をしていたようです。もしかしたらママにも事前に了解を貰い、打ち合わせ済みだったのかもしれません。ホテルの部屋には、たくさんのろうそくがともされ、ロマンティックなムードに演出されていました。私にはそれがまるで地獄の業火のように見え、心底恐ろしくなりました。どうやって、この場から逃げ出せばいいのか、そのことばかりが頭の中でグルグルと回っています。

「里恵の好きなワインを買っておいたよ」

ホテルに着くまでは、そう言って、紳士のように振る舞っていたお客様も、なんだか息づかいも荒く、すでに半分理性を失いかけていました。彼は部屋に入ると巧みに私の背後に回りこみました。音で気配を察することができない私には、お客様の姿が見えていなければ、どんな目に遭うかわかりません。慌ててすぐに振り向きました。と、その瞬間にものすごい力で抱きつかれ、いきなりキスをされたのです。間一髪、顔を背けて、お客様を振り払い、なんとか命中は避けることができました。

パニックを起こしかけていた私は、少しでも考える時間を作ろうと、用意されていたワインを飲ませてくださいと身ぶり手ぶりで伝えました。

「どうしよう！　どうしよう！」

ここまでは必死に笑顔を作っていましたが、ワインを飲みながら、ただ同じ言葉が頭の中をグルグルと回り続けるだけで、何もいいアイデアはひらめきません。

ワインもほどほどに飲んだころ、お客様がそろそろいいだろうという顔で近づいてきました。やおら両手をのばすと、私の胸をまさぐり始めました。このまま押し倒されてしまっては力負けをしてしまって、きっともう逃げることはできません。そうとっさに考えると、あとは体が勝手に動きました。お客様を思いっきり突き飛ばしたのです。

「今日は帰ります！」

私は声にならない金切り声を上げて、ドアまで全力で走りました。後ろを振り返って、状況を確認する余裕はありません。

突き飛ばされた上に、普段めったに話さない私が急に大声を上げたので、お客様はきっと虚を突かれたのでしょう。追いつかれることもなく、なんとか部屋から脱出することに成功しました。

ひとり乗り込んだタクシーがホテルを出て走り始めた瞬間、やっと私は自分が助かったんだと実感できたのです。

その夜の出来事は、さすがにいつも元気な私を落ち込ませました。

「もう二度と、こんな危ない目に遭いたくない」

この先ホステスの仕事を続けていくことに、さっぱり自信がなくなってしまったのです。

ところが、そんな私に追い討ちをかけるように、次の日の朝、ママから悪魔のようなメールが飛んできました。

「お客様になんて失礼なことをしたの！」

そう書かれたメールを見て、私はこの店には長くはいられないと悟りました。ママが日ごろから言っていた言葉は、決して冗談ではなかったのです。

でも私はホステスですから、自分の体を犠牲にしてまで、お金を稼ぐ気はさらさらありませんでした。

「早く次の仕事を見つけて、お店を辞めよう」

そう決意しました。

ところが次の仕事を見つける前に、どんどん事態は悪化していったのです。

# 5 極悪ママの嫉妬？

クラブで働く女のコにとって、そのお店のママは姉であり、先輩であり、絶対的な存在です。でも中には、どうしても尊敬することのできないママに出会うことがあります。

「ホテルに行け。客と寝て、売り上げをあげろ！」

そんな恐ろしいことを言ってのけたのが、例のママです。

そのクラブで働き始めたころは、とても親切にしてくれました。でもそれは、耳の聴こえないホステスがただ珍しかったからだけかもしれません。それでは客寄せのために、はるばる中国から招かれるパンダとかわりません。

私は、障害者にもかかわらず働かせてもらったことに、とても感謝をしていました。ですから頑張って働こうと思い、一生懸命に仕事をしていました。

ホステスの仕事というのは、努力をすればしただけ結果がついてくるものです。つまり売り上げが上がるのです。それはもちろん、耳の聴こえない筆談ホステスの私でもまったく同じことでした。

人よりもハンディがある分、私は人一倍頑張ってお客様が呼べるように努力をしました。気の利いたことがさらっと書けるよう筆談術に磨きをかけるのはもちろん、お客様に気に入っていただけるように、ヘルプについたときも張り切って笑顔でお客様をお迎えしていました。思いつくことやできることは何でもしました。

そんなふうにしていて、少しずつ売り上げが上がるようになったころ、親切だったママの様子が変わってきたのです。私のやっていることがどうやら気に入らないようで、何かと文句をつけてくるようになったのです。

「里恵が、私のお客様を盗ったの」

そんなことをお客様の前で、平気で言うようになりました。ママのお客様を盗ったことはありませんし、ましてやほかのお客様の前ですから、私も返事に困ってしまいました。

「そんなことは、していませんよ！」

冗談めかした笑顔を浮かべて、メモをママとお客様にお見せするのが精一杯です。ところがママの言いがかりは、そのうち言葉だけでは収まらなくなったのです。お客様の前だというのに、灰皿が何枚も飛んできたり、髪を鷲づかみにされたりしたこともありました。お客様も、その様子を見てビックリ。

「里恵ちゃん、大丈夫？」

席にいたお客様が慌ててママを引き離してくださいました。

「お客様を盗った」

その後も、その言葉はまるで口癖のように、何度も何度も繰り返されました。私はすっかりうんざりしてしまい、ママに伝えました。

「そんなことを言うのは止《や》めて下さい」

もちろん、お客様のいないところでです。ところがママはにやっと笑って、その場を去っていくだけで、事態は一向に改善しませんでした。

またあるときは、私の携帯電話を勝手に持ち帰られたこともありました。ある日、お店から帰ろうと思ったら、携帯電話が見つかりません。お店に持ってきていたのは確かだったので、あちこちと探しましたが見つかりません。仕方なく、その日はあきらめて帰ったのですが、次の日の昼間、もう一度、携帯電話を探しに行きました。ママからお店の鍵を預かっていたので、出入りは自由でした。でもどうしても見つかりません。

「そんなはずはないのに」

どう考えても、おかしいと思いながらも、その日の夜もお店に出勤しました。すると、ママが事もなげに言うのです。

「里恵の携帯電話が、テーブルの上に置いてあったわよ」

どうやらママが、持って帰っていたようです。多分、私とお客様たちとのメールのやりとりをすべてチェックしていたのでしょう。

私は、気味が悪くなりました。でもメールを見られても、私には何もやましいところはありません。ママへの抗議はぐっと飲み込んで、ただお礼を言って携帯電話を受け取りました。


それからしばらくしたある晩、私のお客様が、いつものようにお店に来てくださいました。お客様はお疲れのご様子で、来店から30分ほどで眠ってしまったのです。そのまま閉店の時間になり、私はお客様を起こし、お会計をお願いしました。するとそのお客様は、会計の明細を見ながら急に怒り始めました。私は訳がわからず、お客様に理由を伺いました。

「寝ている間に、勝手にドンペリを何本も頼むなんてやりすぎだ！」

ドンペリと呼ばれ愛されているドン・ペリニヨンは、言わずと知れたフランスの高級シャンパンです。私は、ビックリしました。シャンパンを頼んだ覚えも、飲んだ覚えもなかったからです。そして、きっと会計の間違いだろうと思いました。

するとママがやってきて、なにやらお客様に話をしています。しばらくするとお客様は、仕方ないなという顔をしながら私に伝えてきました。

「里恵が飲みたかったのなら、別にいいよ」

どうやら私が飲んだと勘違いされているようです。ママは、私が何も言わないように隣で仕草でけん制をしています。本当に申し訳なく思いましたが、どうすることもできず、お客様に深く深く謝罪をして、その日はお見送りをしました。

「どういうことですか！」

私は納得がいかず、閉店後にママに詰め寄りました。

「あら、何のこと？　早くアフターに行きなさい」

ママは、一切取り合わず、さっさと帰ってしまいました。

最初のころは、私だけが特にいじめられていたわけではありませんでした。ほかの女のコと同様に扱われていたと思います。

ママは、人の悪口を言うのが大好き、自分の不幸自慢をするのが大好きというタイプ。ありもしない悪口を、お客様の前で披露することもたびたびありました。

黒いものでも、ママが白と言えば、お店の女のコは白と言わされるといった感じで、真面目な女のコは、そんなママについていけなかったり疲れてしまったりで、どんどん辞めていってしまいます。まだまだ駆け出しのホステスだった私は、仕事を失うのが、とても不安でした。

「聞こえないふり」

ママの理不尽な言葉や振る舞いには、文字どおりの態度を貫いていました。

それでも、やはり我慢できないこともありました。あまりにも納得ができない、理不尽だと思うことがあると、私は反論していたのです。

きっと、そんな私の態度が気に入らなかったのでしょう。そのうち、あからさまに私を嫌うようになりました。毎日のように相手をみつけて、ありもしない私の悪口の電話をかけるのが日課になっていたようでした。こうなると病的です。電話をかけられたほうも、さすがにおかしいと思うようでした。

「ママが、里恵ちゃんのことを悪く言っていたよ。気をつけてね」

電話の相手をさせられたお客様が、あとでこっそり教えてくれることもよくありました。周囲の方もママの性格はよくわかっていたので、幸いにも私が悪く言われることはありませんんでした。それでも、悪口を言われ続けるのが辛くなってきました。

「次のお店を探して、早く辞めよう」

先のホテル騒動もあったので、とにかく早く辞めようと決めていました。次の仕事は見つかっていませんでしたが、お店を辞めてママと決別をする日は、それからあっという間に訪れたのです。


ある日、お店が終わった後に、片づけをしようと灰皿を洗っていました。すると、ママがトイレのゴミを捨てるように言いつけました。何気なく、口頭で返事をしました。

「次にやりますから、ちょっと待ってくださいね」

灰皿を洗うのは、すぐに終わる仕事だったからです。反抗するつもりは、まったくありませんでした。それなのに、ママはいきなり激高しました。私の髪を鷲づかみにして、強く引っ張ったのです。

「言いつけたことをすぐにやれ！」

そんなことを言っているようでした。周りの女のコが、ビックリした顔をしていたので、もしかしたら、もっと何か口汚く罵っていたのかもしれません。

ほかにも手の空いている女のコはいたので、私に対する態度は、明らかに「嫌がらせ」そのものでした。それまでいろいろとあったことが思い出され、とうとう私の堪忍袋の緒も切れました！

私は、預かっていたお店の鍵をバッグから取り出し、思いっきりママめがけて投げつけたのです。さすがのママも驚いた表情を浮かべています。間髪を入れずに言い放ちました。頭にきていたので、もちろん筆談ではありません。いつものように多分おかしなイントネーションなのでしょうが、そんなことは一切気にせずに大声で叫びました。

「もうお店には来ません。辞めさせてもらいます！」

私は、やっと胸のつかえが下りた思いでした。

辞めてからわかったことですが、ママはこんなことをお客様に言っていたそうです。

「里恵は、いつもお客様に色気を使ったり、寝たりして、お店に呼んでいるのよ。だから里恵とはセックスＯＫだからね」

そんなことを陰で言われていたから、ホテルでの事件も起こったのでしょう。首謀者は彼女だったのです。

その日以来、そのクラブには足を踏み入れていません。でも嫌がらせは、完全に終わったわけではありません。

ママのところで知り合ったお客様が何人も、私が次に働き始めたお店に来てくださいました。そして、新しいお店に移った私のことを応援してくださったのです。私も一生懸命に、新しいお店でも楽しんでいただけるよう、おもてなしをしました。

「ママには悪口ばかり言われていたけれど、わかってくださる方も大勢いる」

お客様の温かい励ましが、とても心強く感じられました。でもママにとって、それは到底許せることではなかったのでしょう。

「うちのお客様を持っていったでしょう！」

たまたま会う機会があったとき、開口一番に言われました。

「お客様がお店を選ぶのは、お客様の自由ですよね？」

もう我慢する理由はないので、私ははっきり大きな文字で書いたメモを渡しました。

そんなこともあってか、ママの攻撃は、その後、私以外の人にも向けられました。ママは作り話をして、私がいないところに両親を呼び出し、ありもしない話をずいぶん吹き込んだようです。ただでさえ私が水商売で働くことに賛成をしていなかった両親です。きっとずいぶん心配をし、心を痛めたことでしょう。

そして私への悪口は、現在も続いています。

「里恵が実家からお金をせびり、男に貢いでいる。里恵のせいで、両親が大変な苦労をしている」

「里恵は、東京で風俗嬢になっている」

いろいろありすぎて、書ききれません。もう数年も会っていないのに、よくネタが尽きないものです。

噂話は私の友だちの耳にも届き、驚いて何人もの友人から連絡がきたこともありました。

「里恵、今、どんな仕事をしているの？」

友だちにも心配をかけましたが、私は両親のことがやはり気がかりです。ホステスという仕事についたことがきっかけで、両親にまで心配をかけてしまったり、巻き込んだりしてしまいました。本当に申し訳ない思いでいっぱいです。今は離れて暮らしているので、いちいち噂話を否定することはできません。

「噂話を信じないで。私を信じて」

真実が伝わるように願うばかりです。

その後の青森からの風の便りによると、ママは、いくつも金銭トラブルを抱え、お店の経営も大変だと聞きます。

いろいろなことがありましたが、悪いことばかりではありません。

「人のことを悪く言ってはいけない」

「人に信用してもらえる人間にならなくてはいけない」

極悪ママを反面教師として、私はトラブルの中からも、いくつかの大切な人生の教訓を学ぶことができたのです。

# 6 水商売と私

青森のクラブで働き始めたころ、私は水商売のことはさっぱりわかっていませんでした。どうしたらお客様に来ていただけるのか、どうしたらお客様に喜んでいただけるのか……。わからないことばかりで、とりあえず周りの女のコのやっていることを真似することから始めました。

「水商売は、私には向かない」

今も同じことを思っていますが、仕事を始めたばかりのころは、仕事に行くたびに、そう思っていました。

お客様が体に触ってくると、

「触らないでください」

酔った勢いで、

「好きだから付き合おう」

としつこくされると、

「ご遠慮いたします」

そんなことをいちいち、くっきりとはっきりと大きな字で書いてお客様にお見せしていたのですから、生真面目というよりホステス失格です。


あるクラブに勤めていたとき、そんな私を見てママが言いました。

「里恵ちゃん、ホステスは、もてて悩んでいるうちが華よ」

まだ20歳そこそこで水商売も勢いでやっているようなところがあった私は、そのママの話の真意がよくわかりませんでした。でも25歳になり、銀座で働いている今なら、その意味もよくわかります。

20歳そこそこならば、隣でニコニコしているだけでも、お客様はかわいがってくださいました。まだ初々しくて、かわいいと思ってもらえたのでしょう。でも水商売の世界では、毎日のように、若くてかわいらしい女のコが新しく働き始めるのです。25歳で、水商売歴も5年目を迎える私は、もはや新鮮味のない古株ホステスなのです。

でもその代わり、古株ならではのテクニックも身につけていきます。

私が、やっとホステスとしてやっていけるのではないかと自信をつけたのは、青森の「リオン」というクラブで働いていたときです。ママは、銀座でホステスとして働いたこともある方で、とてもしっかり者で、面倒見のいい人でした。ママにもいろいろなタイプの方がいるのです。

私が「リオン」で働きたいとお願いをしたときも、ママは躊躇することなく、快くすぐに受け入れてくれました。それがとても嬉しく、感激したことを今でも忘れられません。

働き始めてからは、毎日のように相談に乗ってもらい、ホステスとしてどんなことをしたらいいのかなどを教えていただきました。

ママは、そんな私の意欲を認めてくれました。そして自分のお客様の席や、よく来店してくださるお得意様の席に、私をつかせてくれたのです。自分の接客の方法を間近で見せることで、お客様への気配りの仕方やホステスの仕事のノウハウを私に学ばせてくれました。

ホステスの仕事に、「こうしたら絶対」というマニュアルはありません。お客様の様子や顔を見て、どんなことを求めているのかを敏感に察知しなくてはいけません。

恋愛気分を求めているお客様には恋人になったように、楽しく陽気に飲みたい方には楽しい話題でテンションを上げて、接待の方でしたら、ご本人よりもつれていらっしゃったお客様を中心に楽しんでいただくように……といったふうに、ホステスならば当たり前すぎる基本をママの下で学んでいきました。


「お客様の立場に立って、求められているものを提供する」

そんな接客の基本に気がついてからは、筆談の方法にも気を使うようになりました。

恋人気分を求めている方には、ラブレターのようにも見えるように、親密さをアピールするやりとりを心がけました。ときにはかわいいイラストを添えたり、ハートマークでメモ帳を埋め尽くしたりしたことも……。楽しい話題を求められているときは、最近面白かった話題をストックしておいて、それを披露したり、お客様の趣味にまつわることをあらかじめ調べておいて、その話で盛り上がるようにしたりしました。接待のお客様には、一緒に席についた女のコと協力して、接待を受けている方には常に誰かが話しかけたり、私が筆談を持ちかけたりするといった具合です。

最初は、ただの手段だった筆談も、私の考えや心がけひとつで、それまで以上に深いコミュニケーションが取れるようになってきました。またお客様の考えていること、どんな接客を望んでいるのかが、だんだんとわかってくるようになりました。

こうして努力をするうちに、私のホステスとしてのスキルが上がってきたのでしょう。ぐんぐんと成果が出てくるようになりました。私を指名してくださるお客様も増えてきて、お給料もそれに従って上がってきたのです。

「耳が聴こえない私でも、頑張れば、きちんと成果が出る」

そのことが嬉しくて、もっともっと仕事に打ち込むようになりました。

「里恵ちゃんは耳が聴こえないのに、いつも一生懸命やっているね」

当たり前のことをしているだけですが、そう言って、私を特別に応援してくださるお客様もあらわれました。その筆頭が、青森でハウスメーカーを経営されているHさんでした。Hさんは、私が「リオン」に入った日から、ずっと私を可愛がってくださいました。お店で指名をしてくださるだけではなく、ゴルフを一から教えてくれ、コンペにも連れて行ってもらったこともあります。また、Hさんは、私に新しいお客様をたくさんご紹介してくださるようになりました。私にとって、まるで福の神のようなお客様でした。

そうやってだんだんと、私を応援してくださるお客様が増えていきました。そのおかげで、私の売り上げもさらに目に見えて伸びてきたのです。

数ヶ月後には、ついにママの次に売り上げを上げられるようになりました！

「ホステスとして、私もなんとかやっていけるかもしれない」

耳が聴こえなくても大丈夫。頑張れば頑張るだけ結果の出るホステスの仕事が、だんだん楽しくなってきました。

そして私は、もっともっと頑張って一流のホステスになりたい、日本一の筆談ホステスになりたいという思いをますます強めていったのです。

# 7 A先生との再会

青森のクラブで働いていたときに、意外な人と再会をしました。

「君は神に耳を取られた」

小学校で、そう私に言い放った、あのA先生でした！ A先生は、私が働いているとは知らずに、お知り合いに誘われてクラブを訪れたのでした。

私はその日、ほかのテーブルで指名をいただいていたので、そこを中心にお客様のお相手をしていました。

「なんだか、あの人私のことをずっと見ている気がする……」

そうです。A先生は、接客の様子から、耳が聴こえていないホステスがいることを知り、それが私だと気がついたのです。そして自分の席から、私の様子を遠慮することもなくジロジロと見ていたのです。

それでも最初は、A先生だと気がつきませんでした。

人生の中でも、A先生は忘れたい人物の筆頭格です。小学校を卒業してからは、あの嫌な記憶は心の奥底に閉じ込めていました。ですから彼が私を見ていることに気がついても、その顔と記憶が結びつきません。

「知っている人だったかしら？」

A先生を連れていらっしゃったお客様は、何度もお店でお見かけしていた常連の方でした。その方のお客様の席にヘルプでついたときに、このナゾのお友だちにもお会いしていたかしらと、一生懸命に記憶の糸をたぐっていました。

でも私だって、ホステスの端くれです。一度お話をさせていただいたお客様の顔をそうそう忘れるわけはありません。

「いったいどなただろう」

こちらに向けられるぶしつけな視線に、ちょっと困惑しながら、自分のお客様とお話を続けていました。

意外なことに、しばらくして、その視線の主が私を指名したとスタッフから合図があったのです。予想外のことに、すっかり慌ててしまいました！

「どなたでしたっけ？」

お客様の席について、そんな失礼なことを言うわけにはいきません。自分の足りない脳みそをフル回転させながら、指名された席につきました。

そしてついたとたん、目の前にいるのが、あのA先生だと気づいたのです！

「俺が、誰だかわかるか？」

相変わらずA先生は、私を小馬鹿にしたような例の視線を投げかけました。脳裏に悪夢が蘇り、胸がドキドキしてきました。顔も引きつりそうになっています。だけど私だって、もうか弱い小学生ではありません。営業用スマイルを浮かべながら、堂々と胸を張ってペンを走らせました。

「もちろん、気がついてましたよ！A先生、ご無沙汰しております」

私がA先生に気がついていたと知ると、たちまち機嫌のよさそうな表情を浮かべ、周りの人たちに私との関係を話しました。

「里恵もすっかり大人になって、立派になったな」

なんだかA先生は、すっかり恩師気取りです。

『この人は、自分のしたことを覚えていないのだろうか』

内心呆れながら、営業用の完璧な笑顔で受け答えをしていました。

「おかげさまで、ありがとうございます」

自分のことをあれこれ詮索されるのは嫌だったので、話題を変えることにしました。

「A先生は、今も先生を続けていらっしゃるんですか？」

するとなんとも意外で、不思議な答えが返ってきました。

「今は、学校を辞めたんだ」

先生を辞めたということを聞いて、私は少しホッとしました。もう、私のように心に傷を負わされる子はいないとわかったからです。

話によると、小学校の教師をやっていたときから、A先生は別な職業を目指していたそうです。そのためには人生修行を積まなくてはいけないそうで、小学校の教員を仕方なくやっていたというのです。

「???」

訳がわかりませんでした。

「君は神に耳を取られた」

A先生の人生修行のために、私はそんな一生忘れることのできない暴言を吐かれたのでしょうか？　そんな馬鹿な話を受け入れがたく聞いていると、さらにA先生は得意気に私のメモ帳に書きこみました。

「教員時代は、人生修行の一環だから、わざと悪役を演じていたんだよ！」

そこがクラブでなければ、私は積年の恨みを発散させるために、きっと叫んでいたでしょう。

「悪役を演じていた？　ふざけるな！　ふざけるな！　ふざけるな！」

でも私だってプロです。そんな子供のころの個人的な事件を、自分の職場でぶちまけるわけにはいきません。ぐっと気持ちを飲み込んで、営業用の作り笑顔を浮かべながら、ピンと背筋を伸ばして座っていました。

反抗的だった小学校時代と違ってニコニコしている私を見て、A先生はさらに調子づいて話を続けます。

「里恵は耳が聴こえない分、普通の人より勘がいいはずだ。普通の人とは違う視点で物を見たり、考えたりすることができるんだから、心理学なんかの勉強をしたほうがいいんじゃないか？　きっと向いていると思うぞ」

この人は、私の何を知っているというのでしょう。そんな勉強はあんたがしろ！　と思いました。私の気持ちを少しでも考えたり、想像したことはないのでしょうか？

『耳が聴こえないだけで、私だって普通の人です！　そんな言葉遣いをする人間が、小学校で先生をやっていたなんて、まったく信じられない……』

私は、A先生のあまりの暴言ぶりにすっかり呆れかえってしまい、メモ帳に返事を書くのが嫌になっていました。

「里恵ちゃん、Aさんって、どんな先生だったの？」

一緒のテーブルについた女のコが、話に加わってきました。ちょうど返事に困っていたので、私は話をふってくれた女のコにお礼を言いたい気分でした。

「もちろん、とってもいい先生でしたよ！」

すぐにそう書いたメモを、テーブルに座っている人全員がわかるように見せました。ますますA先生は、ご満悦の様子です。

「ウソ。こいつ最悪！　とんだ先生だったの！」

A先生の見えないところでこっそりと書いたもう一枚のメモを、そっと同席している女のコ私に渡しました。そのとき一緒にテーブルについていた女のコはいつも仲良くしているコで、私のこともよくわかってくれていました。日ごろ私が、お客様の悪口は絶対に言わないのを知っていた彼女は、そのメモを見てすべてを察してくれました。

その日、その女のコが作るA先生の水割りは、味がしないほど妙に薄かったり、そうかと思うと飲めないほど濃かったり。彼は水割りを飲むたびにむせたり、不思議そうな顔になったりしていました。私はそれに気づいて、心の中で大笑いをしていました。そして女のコのナイスな攻撃に感謝していました。

結局、私は文句をいう必要もなく、A先生はご機嫌でお店を後にしました。8年ぶりの再会は、いつもは得意な水割りがおいしく作れなかったことだけが、ささやかな復讐となって幕を閉じました。

家に帰ると、その日の夜は涙がとまりませんでした。

でも大丈夫。私は、くだらない人間に押し付けられた過去に傷つけられたりしません。

「自分の可能性を信じて、前に進んでいこう。東京に行って働いてみよう」

そう固く決意をしていたからです。

【コラム】

## 「里恵は耳が不自由だから、その弱い部分につけこめば自分でもなんとか口説けるのではないかと勘違いをして、露骨に近づいてくる男の人も多くいました」

「リオン」ママ　佐藤純子さん

リオンは、里恵が青森時代に働いていたお店のひとつで、オーナーの純子ママとはとても親しかったという。当時の働きぶりについて聞いてみた。

「誰にも相談せずに突っ走りすぎたり、前向きすぎて周囲の話を聞けなかったりと、里恵は頑張りすぎて私に怒られていたタイプでした」

そう笑いながら話すママだが、一緒に働くうちに里恵の内に秘める固い意志や、強い怒りを感じるようになったという。

「納得いかないことがあると、たとえ相手が私であっても食ってかかってくるという面がありました。耳が聴こえないというもどかしさを、そうやって怒りという形で発散させていたのかなと思いました」

だからこそ、仕事には人一倍熱心だったそうだ。

「正直な話、なかには『里恵は耳が聴こえないから、それを珍しがってお客様がつくんだ』なんて陰口を言う人もいました。でも毎日、何十件とお客様にメールを送り、一生懸命筆談を駆使して接客をしている里恵を目の前で見ていたら、そんないいかげんなことを言う人のことなんて気にならなくなりました。ただ里恵の人気をやっかんでいただけですから」

嫉妬ややっかみは、いろいろな形で表れたそうだ。

「わざと里恵の前で、コソコソ話をするんですよ。そうされただけで、『私が何かしてしまったかしら？』と里恵は、不安になるじゃないですか」

前向きすぎるという里恵の弱点も、純子ママは見抜いていた。

「里恵は美人だから、お客様も最初は近寄りがたいと思うみたいです。でもそのうちに、耳が不自由だから、その弱い部分につけこめば自分でもなんとか口説けるのではないかと勘違いをして、露骨に近づいてくる男の人も多くいました。そうした誘いをかわすのが下手でしたね。露骨で強引な誘いが続くと、そのうちお客様に直接怒りをぶつけてしまうんです。強い女性に見えますが、普通の人と一緒です。里恵にだって脆《もろ》い部分や弱い部分もあるんですが、そうした部分を「怒り」という形でしか表現する方法がなかったんでしょうね。でも男性は、きつくシャットアウトすると余計に執着してくる人もいることを、ホステスならば理解したほうがいいですね」

プライベートでも一緒に食事に行くなど、里恵と親しく付き合ってきた純子ママ。別の店に移ると切り出されたときは、まるで我が子を送り出すような気持ちになったという。

「『あのお客様がこんなことを言っているのですが、どうしたらいいんでしょう』といった感じで、毎日いろいろなことを何度もメールで相談してくれたんです。仕事熱心ですし、私からしてみれば、本当にかわいい子でした。だからほかの店に移る意思を伝えられたときは、とても寂しかったですね。でも里恵も、ずっとうちの店にいるわけにもいかないだろうし、それならばいろいろなお店を経験して、より厳しい世界へ行くほうが彼女のためになるのだろうと思ったんです」

純子ママは、里恵が移った次のクラブにお客として訪ねていったことがあるそうだ。

「ちょうど里恵の顔を見に行くというお客様がいたので、私もお供をさせていただいたんです。立派に働いている姿を見たら感動してしまって。それで私ったら、お店に行ってから帰るまで、『よかった、よかった』って言いながら、ずっと泣いていたくらいなんですよ」

今では銀座で頑張っている姿を見て、頼もしく思っているそうだ。

以前、青森で働いていた「リオン」を久しぶりに訪れた里恵。
昔の同僚と久々に再会

【コラム】
## 「いつも『里恵は騙されているんじゃないか』、『大丈夫なんだろうか』と心配をしているんです」

斉藤里恵の両親

「最初、里恵は水商売を始めたことを私たちには黙っていたんですよ。夜出かけるときは、『水商売で働いている知り合いの子供さんの面倒を見る』と言っていたので、その言葉を信じきっていたのです。しかしそんな言い訳は長続きしませんよね。里恵が水商売で働いているということを教えてくれた人がいて、嘘はすぐにばれたんです。私たちが反対をしても、ホステスを辞めないだろうと考え、黙認することにしました。ホステスをしていることがばれてからは、派手な格好をして堂々とお店に行くようになっていきました」

母は、当時のことをそう振り返った。

まさかホステスという仕事に就くとは思っていなかった両親は、とても驚いたそうだ。「耳の聴こえない子が、どうやって水商売ができるのだろう？　きっと長続きをしない、できないのではないだろうかと思っていました。どうやって接客をしているのか、いまだに私たちには想像もつかないんです」

今でも銀座で働いているということが、信じられないという様子。

父親の心配も人一倍だ。

「耳が聴こえない里恵が珍しいのか、最初はチヤホヤしてくださるお店の方もいました。でもお店の子とケンカをしたり、お客様とのトラブルが起こったりすると、里恵に言ってもらちが明かないと思ったのでしょう、クレームの電話を私たちにかけてこられる方もいたんです。私たちも水商売のことはよくわかりませんし、そんなことが何度かあったので、いつも『里恵は騙されているんじゃないか』、『大丈夫なんだろうか』と心配をしているんです」

# 第5章　私の㊙筆談術

# 1 会話のきっかけ

この章では、私がどのようにして筆談でお客様をおもてなししているのかを具体的にご紹介いたします。初めてお会いするお客様には、まずは名刺をいただくのが普通です。そこから会話の糸口を探していきます。

例えば六本木にお勤めのお客様だったとします。

「私も六本木によく食事や飲みに行くのでどこかお勧めのお店はありますか？」

そうメモ帳に書いて、まずはお客様も話しやすい会話で始めます。

もちろん、お客様のお仕事についてもお伺いすることがあります。

「お仕事はどんなことをされているの？」

また少し珍しい苗字のお客様でしたら、ご出身を尋ねるようにしています。

「初めて拝見するお名前ですが、ご出身はどちらですか？」

それだけでは話が膨らんでいきません。

「私は、〇〇へは伺ったことがありません。どんな食べ物がおいしいの？」

「観光に行くなら、いつごろ行けばいいの？」

ご出身地の名物などをお伺いして、会話を終わらせないようにするのがポイントです。

私の場合は筆談なので普通の方が話をするよりは、やりとりのテンポがゆっくりです。でもクラブにいらっしゃるお客様の多くは、落ち着いて飲みたいという方が多いので、私の筆談会話術も成り立っているのでしょう。

## 2 褒められる褒め方

初めてお店にいらっしゃったお客様の席についたホステスが考えるのは同じことです。

「どうしたら、またお店に来ていただけるのか？」

みんな知恵を絞って自分をアピールしたり、お客様の気持ちを盛り上げようとします。

「Aさんって、素敵！　カッコいい！」

そんな見え透いたお世辞では、お客様の心をつかむことはできません。誰にだって、同じことが言えるからです。褒め言葉を書くときには、必ず『あなた自身を褒めている』というのを明確にしなければなりません。

「素敵な時計をしているのね」

これでは、時計を褒めていることにしかなりません。

「あなたって、ファッションのセンスが抜群ね」

が正解。

「このワイン、おいしいわ！」

おいしいワインをご馳走になっても、これではNG。

「こんなおいしいワインを知っているあなたって、本当に、博識ね」

私はそんなふうに、すべて目の前にいるお客様自身に向けてメッセージを書きます。あくまでもご本人に良い気分になってもらうのが一流のホステスです。

でもなかには、ズバリ持っているものを褒められたいというお客様もいるものです。

有名ブランドの新作バッグやレア商品などをいち早く持ち歩くタイプの方です。選ぶブランド品に、必ず大きなロゴが入っているようであれば、絶対に間違いありません。ブランド品を持つことで、自分の経済力やファッションセンスを誇示しているタイプの方です。

「Bさんのお持ちのバッグ、○○の新作ですか？カッコいい！」

そんなタイプのお客様は、ストレートに持ち物を褒めてさしあげるのがコツです。ある意味、わかりやすくて簡単なお客様なので、ホステスとしては楽です(笑)。

そういうお客様には、新しいものをお持ちのたびに、必ずそれを褒めるようにします。

「○○って、レアものですよね！　初めて見たわ、すごい！」

ストレートな言葉を書けば書くほど、喜んでもらえるものです。

しかし、それは一部のお客様です。たいていのお客様は、身につけているものを褒めてもプラスの評価にはなりません。良かれと思って褒めても、

「だから、何？」

そんなふうに思われてしまっては、かえってマイナスです。

お客様が喜ばれる褒め言葉は、人によって違います。マニュアルに沿った言葉を繰り返しても心をつかむことはできませんし、『これが絶対』というパターンもありません。

お客様ひとりひとりを見極めて、気の利いた褒め言葉が自然に出るようになれば、ホステスとして、一歩成長したと言えるかもしれません。

## 3 私を同伴に連れてって

ホステスとなった女性ならば、必ず一度は頭を悩ませるテーマがあります。

「どうやったら、お客様と同伴できるのか？」

私は、スケジュールを立ててまで、同伴をしたことはありませんが、それでも一週間、毎日、同伴の予定が入ることもありますし、なかには『月に○回は、同伴をしなければいけない』というノルマがあるお店も少なくありません。

何度もお店に通ってきてくれる、仲のいいお客様には、

「○日は、ご予定ありますか？」

「同伴をお願いできますか？」

そんなふうにお願いをすることもありますが、それは例外中の例外。同伴のノルマに困ってお願いをするのではなく、『お客様に甘える』のが目的のときだけです。

基本的には『同伴』という言葉自体、私はお客様には絶対に書かないようにしています。同伴のためだけに誘われていると思われると、お客様だって面白くありません。


お客様が行ったことのあるレストランの話をされたら、

「私もそのお店に行ってみたいな」

必ず、そう書くようにしています。これは、初級レベルの同伴お願い方法です。

「今度同伴して、連れて行ってあげるね」

やさしいお客様なら、そう返事をくださいます。

「じゃあ、お店の住所を教えてあげるよ」

手ごわいお客様なら、そんな返事が返ってくることも（笑）。それくらいで、あきらめてしまってはいけません。私の場合、必ずお店に行ってみて、その感想をお客様にメールすることで、お客様へのアピールを続けます。

夜の銀座は男と女の駆け引きの場です。お客様も、ホステスとの言葉の駆け引きを楽しんでいるのです。

「ホステスは、お店の外でもお客様と会ってポイントを稼ぎなさい」

そんなふうに教えてくださる先輩もいます。アフターに行くなどして、私はお客様と積極的に店外でもお会いしています。ポイント稼ぎのためだけではなく、お客様と仲よくなりたいのも本音です。

「プライベートでも、あなたと会ってみたいわ」

そうメモ帳に書くだけで、お客様との距離が急激に近づくことがあります。

そして実際にお客様とお食事に行くことも。もちろん、この時点では、同伴の約束は一切していません。

そのときのデートのポイントは、場が盛り上がり、でもあまり色っぽい雰囲気になる前に切り上げて帰ってくること。

「今日は、ありがとうございました。また会いましょうね！」

そうメモ帳に書いて、早い時間に席を立ちます。

「楽しかったから、もうちょっと会っていたかった」

そう思ってもらえたら、必ずまたお店に来てもらえます。

そして、これが出勤前の時間帯ならば、

「お店で、ゆっくり飲みなおそうか」

そんなふうに、自然と同伴をしてくださる流れになることもあります。

でも、あくまでも無理やり同伴に持ち込もうとしてはダメ。

「私も、もう少しお話をしていたかったわ」

そんな言葉を、気持ちをこめて伝えます。


プライベートでお会いするのは、仲よくなってお客様の心を自分のほうに向けてもらうため。

でも、

「このコとは、いつでも店外で会える」

そんな誤解をさせないためにも、一度会ったあとは少し距離を置きます。

お客様に追いかけてもらうようにするのも、大切な男女の駆け引きのひとつなのです。

## 4 退屈そうなお客様へのアプローチ

あまり楽しそうでないお客様にも、いろいろなタイプの方がいらっしゃいます。仕方のないことですが、初めてお店にいらっしゃるお客様の中には、こんな方も。

「せっかく高いお酒を飲みに来たのに、耳の聴こえないホステスが隣についてしまった」明らかに落胆をしているご様子。でも、私まで一緒になってがっくりしてしまっては、ホステス失格です。

そんなときは、会話の糸口をいろいろと探して接客をさせていただくのですが、私の書いたメモを見たり、筆談をしたりするのが面倒くさくて仕方がないといったご様子のお客様もいらっしゃいます。そんなお客様は、なかなか強敵です。そんな場合は、筆談ホステスならではの小ネタをいくつか用意しておきます。

例えば、四字熟語クイズ。

「一口一口」

「この口に当てはまる、四字熟語をいくつか知っていますか？」

そんなふうにお客様にメモ帳に書かなければいけないクイズを出すのです。そこから男女の筆談に話を運びます。

ほかにも、読み方の難しい漢字をいくつか書いて、読みを当ててもらったりします。

「海星」

「外郎」

「糸瓜」

こんな感じです。高級クラブにみえる方は知性もプライドも高い方が多いので、筆談にノッてきやすいパターンです。（ちなみに答えは順に、「ヒトデ」「ういろう」「へちま」）

とにかく、お客様が笑顔になり、楽しくお酒を飲んでいただけるのであれば、その入り口はなんでもいいのです。

「いつか自筆の超特大クロスワードパズルでも作って販売しようかしら」

最近では、そんなことまでを思っている私です。

## 5 ときには知らないふりをすることも

銀座のホステスが主要人物のひとりとして登場する『不信のとき』（有吉佐和子著）という小説をご存知でしょうか。

「あぁ、あの話ね！」

何度かドラマ化もされているので、きっとテレビで見たという方も多いと思います。

私は本を読むのが趣味なので、『不信のとき』も楽しく読んでいました。その中に、お客様がホステスをタクシーで送っていき、彼女が男性のスーツにシミがついたと言って自宅に招き入れるというシーンがあります。

その日、私のお客様は、どうやら『不信のとき』のその部分をお話しになりたいご様子でした。私にあらすじを教えようとしてくださいます。そこで私は本を読んでいないことにして、そのお話を興味深く伺ったのです。

そして次にそのお客様がいらっしゃったときに、最初に書きました。

「さっそく『不信のとき』を読みました。とても面白い本ですね！」

あなたのためだけに頑張ったというアピールは、お客様に喜んでいただくための秘訣です。

「今度送って行ってあげるね」

お客様は、ニコニコしながら小説をなぞった返事をくださいました。

「ドキドキーすね！どういうシミをつけるのがいいかしら？」

私も、合わせて書きます。

ときにホステスは、何も知らないふりをすることも必要。お店は私たちのステージです。女優のように役に徹して、お客様に喜んでいただくことが大切なのです。

## 6 疲れているお客様には

疲れているお客様にも、いくつかのパターンがあります。
まずは、お疲れのご様子でも、その中に充実感を感じていらっしゃるような表情を浮かべているお客様の場合です。

「彼女ができたの？」

「何かいいことがあったの？」

メモ帳にそう書いて、お客様の反応を窺います。お客様が話したそうであれば、その日の最初の話題として、あえてその話を伺うようにします。

反対に、疲れて暗い表情をしている方には、具体的なことを伺ってはいけません。

「渋い顔も素敵ですね!」

少し遠まわしに投げかけてみますが、積極的に話題には触れるようなことはしません。

また体調が悪そうな方には、無理にお酒をお勧めするのは絶対にNG。その日の売り上げも重要ですが、お客様には長いお付き合いをしていただくことのほうが、何よりも大切だからです。

「今日は、もう帰られたほうがいいんじゃない?お体を大切にね」

人は、弱っているときや調子の悪いときは、文字で書かれたものを見ると、より一層心にぐっとくるようです。たいていのお客様は喜んでくださいます。

この場合は、次の日のメールでのアフターフォローも大切です。

「疲労回復や風邪の予防には柚子がいいみたい」

「元気になって、また遊んでね」

遅くとも午前中のうちに、こうしたメールをお送りします。

## 7 愛されるわがまま、嫌われるわがまま

ときには、お客様にわがままも言います。

「里恵は、わざとわがままを言って、自分に甘えてくれている」

もちろん、そんなふうにお客様から思っていただける程度のわがままだけです。

お食事に行く約束をしているならば、

「○○が食べたいな」

明日が早いからと、そろそろ帰ろうとしているお客様に、

「もうちょっと、一緒にいてほしいな」

そう書くと、ほとんどのお客様は笑顔になって、私のわがままを聞いてくれます。

そんなわがままや甘え、ときにはやきもちを妬いてみせることは、男と女の駆け引きのひとつ。お客様との距離を近づけるスパイスのようなものです。

でも、それもひとつ間違えると決してやってはいけないNGな態度になってしまいます。

「どうして、来てくれないの？」

「なんで、〇〇してくれないの？」

男性は、かわいいわがままなら笑顔で応えてくれますが、『やってもらって当然』といったニュアンスを感じ取ると、たちまち相手の女性を嫌って逃げていきます。

例えば、約束をして、相手の方が遅刻をしてしまった場合、

「まだ？」

「遅い！」

こんなメールを送っては、台無しです。

「早くあなたに会いたかった！」

到着した瞬間こう書くと、遅れた男性も、申し訳なさと感激が相まってグッとくるのです。

ほんの些細な言葉遣いで、感じ取り方は180度変わってしまいます。ですから私は、いつも表現に気をつけながら、お客様と接しています。

決してやってはいけない態度には、ほかにもいろいろあります。

そのひとつが、知ったかぶりです。

ほとんどのお客様が、年上で社会的な地位の高い方ばかり。私が知らないようなこともいろいろと教えてくださったり、人生の先輩として経験談をお話ししてくださったりすることも、よくあります。

「こんなときは、こうしたほうがいいよ」

それに対して、

「そうよね、わかるわ!」

そんな返事をしたら、いっぺんにお客様に嫌われます。その方が積み重ねてきた経験を20代の女のコがわかったような顔をするなんて、恥ずかしいだけです。

「わー、頭いい!賢いですね!」

20代の女のコよりも『賢い』なんて、お客様からしたら当たり前です。こんなことを言っても、相手の方が喜ぶわけがありません。

「ありがとうございます」

がベストです。

また、特に年齢が上の方には、『何かを教えてあげるわ』という態度は厳禁です。今まで、築いてきた関係も、いっぺんで吹き飛ぶかもしれません。

それともうひとつ、ほかの人と比べるようなことを言うのも絶対にダメです。

「○○さんは、こんなだった」

「あんなときは、こうしてもらった」

男性は、いくつになってもみんなデリケートな心を持っています。それを踏みにじるようなことは、決してしてはいけないのです。

# 8 くどき文句を囁かれたら

「里恵は、ホステスなのに、まだまだ色気が足りない」
先輩ホステスのお姉さんから、よくお叱りを受ける私ですが、それでもたまにはお客様からお誘いを受けることもあります。

「デートをしよう」
「食事に行かない？」
ホステスでも、自分が気になるお客様からお誘いを受けると嬉しいもの。でもあまり、簡単にお誘いに乗ってしまってはいけません。少しは駆け引きを楽しみましょう。

「初めてお会いしたのに、もうデートのお誘いなの？♡」

でも決して笑顔を絶やしてはいけません。

「ダメなの？」

もう一押しされたら、今度は引いてはいけません。

「私も、あなたのことを知りたいから嬉しいわ」

そして日曜日に約束を取り付けたとします。

「日曜日まで会えないのは、寂しい！」

さらに気持ちを盛り上げる演出も忘れずに。

これがNGの場合は、少し返事が変わってきます。

「嬉しい！　まずは、デートスポットの打ち合わせをしましょう！」

「とても行きたいのだけど、今月は予定がいっぱいだから、来月にしない？」

約束を確定させず、少し先延ばしにします。

これがプライベートなお付き合いでしたら、その場ではっきりとお断りをするかもしれません。でも、ここは大人のクラブです。夜の駆け引きを楽しんでいるお客様が、たくさんいらっしゃいます。はっきりお断りするのも無粋というもの。

「そろそろデートをしても、いいころじゃない？」

「今月の約束だったよね」

お客様に、再度お誘いされることもあります。

「予定がはっきりしたら、連絡しますね。あなたも連絡してね」

デートをするのは、また少し先というニュアンスを含ませて、お客様の気持ちがクールダウンするのを待ちます。

酔っ払ったお客様が、エッチな会話をしてくることもあります。

「今日、ホテルに行こうよ」

こんなときも、笑顔でペンを走らせます。

「嬉しい！ ホテルのラウンジで飲むの大好き」

ただ、ラブホテルに誘われているのなら、返事が変わってきます。

「そんなこと言われるとドキドキしちゃう！　でも今日は着物で、脱いでしまうと着付けができないの。だから、また今度ね」

なかには、こんなお客様も。

「里恵ちゃん、パンツを見せてよ」

そんなとき、私は笑顔でメモ帳にパンツの絵を描いてさしあげることにしています（笑）。

意外とこれで満足されるお客様が多いのです。

でもクラブでは、そんな露骨に誘うお客様は、ごくごく少数派。皆さん遊びなれているので、誘い方もスマート、引き際も見事な方がほとんどです。

ただし、すべてのお客様が紳士で、物わかりのいい方という訳ではありません。

ホステスの中には、お客様からの指名が欲しいからといって、安易にお客様に愛情表現を繰り返すコもいます。

「好き」

「愛してる」

そう言われれば、ほとんどのお客様は喜ぶでしょう。でも、それを営業トークだとは思わずに、女のコのことを真剣に追いかけるお客様も現れるのです。そして、お客様が思いつめた挙句にトラブルに発展しまった現場を私も見てきました。なかには、刃傷沙汰になったことさえもあります。ですから、お客様を呼びたいという理由で、安易に愛の言葉をささやくのは、危険な行為なのです。

男と女の恋の綱引きは、夜のクラブの醍醐味のひとつ。

「押してみたり、引いてみたり」

「追いかけてみたり、追いかけられたり」

「支配されているように見せつつ、イニシアティブは渡さない」

そんなことを繰り返しつつ、お客様に慕われるのがホステスとしての腕の見せどころなのです。

「あのコのことをもっと知りたい」

「一緒にいて、楽しい」

「もっと会っていたい」

お客様からそんなふうに思ってもらえるように、耳が聴こえない私は日夜、筆談のテクニックを磨いているのです。

# 第6章　筆談ホステス東京へ上る

# 1 憧れの東京OL生活……

「一度は東京で働いてみたい」

東京にやってきたのは、そんなごくごく単純な動機でした。正直に言えば、青森のお店をいくつか経験して、ホステスの仕事はやり尽くしたという気分になっていたのです。

「上京を機会にホステスを辞め、東京で憧れのOLをしてみたい」

私は、新しい生活に単純に胸をときめかせていました。そこで東京に住む知り合いに相談をし、その方が働く会社で働かせてもらうことになりました。仕事は、海外から海産物を仕入れている会社の事務でした。


彼女はキャリアウーマンで、バリバリと営業をこなす姿がとても素敵な方です。知り合ったころから、私の憧れのお姉さんでした。もちろん私が、その方と同じように働くことはできません。それどころか耳が聴こえないので電話番さえもできないのですから、事務員としては規格外でしょう。

それでも会社の方はみなさん親切で、事務経験のない私をやさしくサポートしてくれました。慣れないパソコンの操作に格闘しながら在庫の管理をしたり、ときには倉庫までいって棚卸しのお手伝いをしたりしました。

今まで接客業しかしたことのなかった私にとって、すべてが新しい経験です。仕事が楽しいと思う半面、覚えることがたくさんあり、だんだんと気持ちの余裕がなくなってきていました。

忙しくしているときに用事を頼まれ、自分でも気がつかないうちに、ついつい応対がぞんざいになっていたようです。

「里恵、少し気をつけなさいね」

私に注意をしてくれたのは、憧れのお姉さんでした。

気がつくと、私は余裕がないのを通り越して、すっかり極限状態になっていました。たいした仕事をしていたわけではありません。単純に、私に事務の能力がなかっただけです。冷静に自分のことを眺めてみると、私は会社のお荷物にしかならないダメOLになっていました。

「憧れのOLになりたい」

そんな最初の意気込みはどこへやら、ほんの数ヶ月でひたすらパソコンの数字と格闘する日々にすっかり疲れてしまいました。もう面倒くさいから戻りたくないと思って辞めたはずの水商売のほうが、まだ私には合っていると認めざるをえません。

高校も出ていない、ＯＬ経験もない、耳も聴こえず電話番もできない障害者の私を働かせてくれた会社には、とても感謝をしていました。でも……、

「私が働くよりも、ここにはもっとふさわしい方がいるはずだ」

そう痛感したのです。

しばらくして、私は憧れのお姉さんに退社の意思を伝えました。せっかく会社を紹介してくださったのに、期待どおりの働きがまったくできなかったことを素直にお詫びしました。

「確かに里恵には、ＯＬは向いていないわね」

その方にも、周囲の方にも、やはりこれ以上は無理だと思われていたようです。すんなり退社することが決まりました。

お世話になった会社を辞めて、私は無職になりました。職歴は、ゼロに等しいものです。

「今、私にできることは、ホステスしかない。筆談ホステスしかない」

もう一度、夜の世界に戻る決意をしました。まだ東京に出てきて、わずか半年しか経っていませんでした。

## 2 聴覚障害者にとっての東京生活

青森に住んでいたころから、東京には何度も遊びに来たことはありました。幼なじみの美幸をはじめとして、地元の友だちが何人か東京で働いていたからです。

でも遊びにくるのと、住んでみるのは大違いです。土地勘のないところで耳の聴こえない私がひとりで暮らすのは、なかなか大変なことでした。

青森出身だというと大自然の中で育ったと勘違いされる方も多いのですが、実家は青森市内にあり、都会育ちではありませんが私はその中間の町育ちなのです。でもやはり東京は何もかもが大きく、青森とは大違い！　2年ほど東京で暮らしてきて、いまだに慣れない苦手なものがあります。満員電車です。さほど込んでいない時間帯でも、東京の電車は複雑で、どの線に乗って、どこで乗り換えれば目的地まで着くのかが、いまだによくわかっていません。慣れていない電車は、乗っているだけで緊張するものです。

中でも満員電車は、乗るだけでダメです。あまりの混雑に気分が悪くなってしまうのです。

「もう無理！」

毎朝あの混雑した電車に乗って通勤されている会社勤めのお客様に出会うたびに、今では尊敬の念を持つようになったほどです。

乗り物といえば、タクシーに乗ることもあります。ある日、とある場所から銀座へ行こうとタクシーに乗りました。そこから銀座へはタクシーで15分くらい、料金は2千円くらいで着くということを、経験上知っていました。

タクシーに乗り込み、メモで目的地を伝えた後、私はお客様とのメールのやり取りに夢中になっていました。ルートなどは運転手さんにお任せしていたのですが、ふと気がつくと、すでにタクシーに乗り込んでから30分近く経っていました。慌てて運転手さんに尋ねると、すぐに目的地に着きました。料金が、いつもの倍もかかっています。

「どうしてこんなにかかったのですか？」

私が、お客様とのメールをしていて気がつかない間、道が渋滞をしていたのならば、それは仕方のないことだと思って、筆談で尋ねてみました。すると運転手さんは、驚くようなことをメモ帳に書きなぐったのです。

「お客さんに何回も声をかけたのだけど、返事がなかったから、どこで降ろしていいのかよくわからず、銀座の街を3周しました」

私は、すっかり悲しくなってしまいました。目的地を伝えるメモを見せたとき、運転手さんは、私が難聴者だと気づいていたはずです。もし、気づいていなかったとしても、乗せたお客が返事をしないからといって、何もせずにグルグルと同じところを走り続けるものでしょうか？　どこかで一旦車を止めて、振り返ってくれさえすれば、いくらメールに夢中になっていたとはいえ、私もそれに気がついたはずです。

難聴者が話をすると、発音が不明瞭なため、しばしば知的な障害を持つと勘違いをされます。私は目的地を書いた紙を見せたときに、声にも出して言いました。

「銀座までお願いします」

それで逆に、運転手さんも私が知的な障害を持っていると思ったのかもしれません。

「障害者だから、どうせよくわかっていないに違いない」

運転手さんが、どう思っていたのかはわかりませんが、私には、そう思われたような気がしました。きちんと抗議をしようかと思ったのですが、すでに待ち合わせの時間に遅れそうになっていました。私はあきらめて料金を支払うことにしました。

私には身体障害者手帳が交付されています。ありがたいことに、それを見せると、タクシー代が1割引になるのです。そのときも、抗議の気持ちを少しでもわかってもらいたいと、身体障害者手帳を取り出してグイっと運転手さんに差し出しました。

でも運転手さんは、たんたんと事務手続きを進めるだけ。最後まで謝罪の言葉すらありませんでした。私は、ますます悲しい気持ちにつつまれてタクシーを降りました。

よく知らない大都会での新生活は、自分が想像もしていなかったことがいろいろと待ち受けていました。こんな類のことはよくある話で、そういう目に遭うのは、私が障害者だからなのか、それともただの田舎者だからなのか、自分ではわかりません。

嫌なことがあるたびに、私は怒ったり、こっそり悲しんだりしています。

「東京で成功したい。だからこんなことで負けていられない」

そんな気持ちになったときは、いつもそう強く思って自分を奮い立たせているのです。

【コラム】

## 「思春期のころにできてしまった溝が、いまだに埋まっていない」

斉藤里恵の両親

故郷の青森を離れ、東京に行ってしまってからは、里恵はほとんど実家に顔を出さなくなったという。青森に帰っても家族と顔を合わせることもなく、また東京に戻ってしまうことさえあるそうだ。やはり思春期のころにできてしまった溝が、いまだに埋まっていない様子だ。

「里恵の兄の結婚式で、久々に顔を見ることができるといった具合でした。少し前にも、里恵に会いにお父さんとふたりで東京に行きました。東京に着いて『やっと里恵に会える』と思っていたときに、里恵から連絡があったんです。『仕事が入ったから会えなくなった』と書かれたメールを見て、どれほどがっかりしたことでしょう。里恵に会うためだけに上京したので、観光をする気持ちにもなれず、そのまま青森に引き返すことにしました。でもそのときは、さすがに悲しさと情けなさで、新幹線のホームで人目をはばからずに大声をあげて泣いてしまいました」

母は悲しそうな顔で語った。

今回、本書に掲載する子供のころの写真を選ぶために、里恵は久々に実家に足を踏み入れた。

父親の話によると何年も実家には立ち寄っていなかったそうだ。実家では、家族のほかに可愛がっていた犬も里恵を喜んで出迎えた。

「この犬は、里恵が面倒を見ると約束をして飼ったのだからと言って、お父さんは一切面倒を見たりかわいがったりしないんです。きっと犬を見るたびに、東京に行った里恵のことを思い出してしまうのだろうと思います」

母が、複雑な男親の心境を話してくれた。

## 3 筆談ホステスの銀座デビュー

ＯＬを辞めた私は、すぐにでも働かなくては生活ができません。夜の世界に戻るならば早いほうがいいと思い、お店を探し始めました。せっかく東京でホステスとして働くならば、日本一レベルの高い銀座にしようと心に決めたのも、そのときです。

銀座の高級クラブに知り合いがいるわけではないので、まずパソコンで調べて、よさそうなお店を探し、メールでアポイントメントを入れて面接に臨みました。銀座でも指折りの名店として有名な「ル・ジャルダン」です。

銀座で夜の仕事をするためには横のつながりが、とても重要です。銀座での経験があるのか、紹介者がいるのかということです。銀座での経験がない、紹介してくれる方も当然いない、そして耳が聴こえないと、私の目の前には難しい問題ばかりが積み上がっていました。

覚悟はしていたものの、やはりすんなりとは仕事は決まりません。

しかし、その面接をしてくださった方は、とても親切でした。

「ホステスではなくても、店の事務の仕事をやりませんか？」

親切にも、ホステス以外の別の仕事を提案してくださったのです。しかし私が事務能力に欠けているということは、前職で嫌というほど自覚していました。このクラブで事務仕事をさせていただいたら、また皆さんに迷惑をかけてしまう……。二度と同じ失敗をするわけにはいきません。

そこで、なんとしてでもホステスとして働かせていただこうと、一生懸命にアピールをしました。

「お恥ずかしい話ですが、私には少なくない借金もあります。

それを返済するためにも、事務職ではなくホステスとして働きたいのです。

青森でのクラブの経験もありますから、耳が聴こえなくても筆談で

「接客できるという自信があります。どうか、こちらで働かせてください」

そうお願いしましたが、まだ担当者の方は迷っている様子でした。結局、その場では合否は決まらずに結論は保留となりました。

「このままでは、銀座で働くことはできない」

私は悩んでいました。

そのときに、まるで神様からの恵みのような一本のメールが偶然とどいたのです。それは青森で私をかわいがってくださったお客様が、数日後に仕事で東京にいらっしゃるという連絡でした。

「久しぶりだから、ぜひ会おう」

メールには、そう書いてありました。私はすぐにお返事を差し上げました。働きたいと思っている銀座のお店があること、でも耳が聴こえないということが大きなネックになっていて、働けるかどうか微妙な状況なことを包み隠さずに伝えました。そしてぜひ一緒に、そのクラブに行っていただけないかというお願いをしたのです。

「そういうことならば」

そのお客様は、すぐに快く承諾してくださいました。

すぐに「ル・ジャルダン」に、青森のお客様が東京にいらっしゃるというメールを入れました。そのお客様をご紹介するので私も伺いたいというお願いです。

熱意が伝わったのでしょうか、お店の方からOKの返事をいただくことができました。

その晩、約束どおりに、昔なじみのお客様がお店に連れて行ってくださいました。もう何年もホステスの仕事をしてきたのに、初めての銀座の夜に私はドキドキ、ソワソワしっぱなしでした。

お客様は、ママやスタッフのみなさんに、私が青森でもホステスとして一人前に働いていたことを話してくださいました。そのお客様の援護射撃が、仕事先が決まらずに悩んでいた私には、どれほど嬉しく心強かったことでしょう!

そしてその日から、私は念願の銀座のホステスの一員となることができたのです。

## 【コラム】
## 「やはり耳の聴こえないコが水商売をやるのは難しいのではないかと思いました」

「ル・ジャルダン」オーナーママ　望月明美さん

「ル・ジャルダン」は、里恵が最初に門を叩いた銀座のクラブで、銀座に詳しい人の間では名店として知られる高級クラブだ。31歳で「ル・ジャルダン」のオーナーになり、それ以来店を守り続けている望月明美さんは、著作も多く、テレビにも引っ張りだこの人気ママである。

最初に里恵が面接に来たときの様子は？

「正直に申し上げますと、やはり耳の聴こえないコが水商売をやるのは難しいのではないかと思いました。ホステスの仕事は、お客様の話を聞くのが仕事です。ときには楽しくお話を伺い、ときにはカウンセラーの役割までこなすのが銀座のホステスですから、肝心なお話が聞けないというのは大きなハンディだと思いました」

それでも受け入れたのは、やはりママの度量の広さといえるだろう。

「私が銀座で働き始めてから20余年が経ちますが、今までに難聴者のホステスはいませんでした。不安もありましたが、本人の『どうしても働きたい』という気持ちに賭けてみることにしたんです」

里恵が青森ではトップのホステスだったとはいえ、銀座では銀座の流儀を覚えなければ通用しない。ママや先輩ホステスが、仕事の仕方やマナーなどを教えていったという。

「ホステスは、お客様と会話をしながら、グラスの中のお酒の量や灰皿が汚れていないかなど、細かなところにも気を配らなくてはいけません。彼女のそうした気配りは完璧でしたね。私が教えたことといえば、お客様へのお手紙やメールの書き方などでしょうか。素直に実践していたので、順調にお客様も増えていきましたよ」

ただ、もどかしかった一面もあるという。

「彼女は、一本気なところがあるので、お客様に恋愛を持ち込まれると、そこから先のお客様との距離感の保ち方、お付き合いの仕方が下手なんですよ。これは耳が聴こえるから、聴こえないからということとは無関係の性格的なものですね。もう少し、そこらへんの作法を私が教えてあげたかったのですが……。でもいい人を見つけて結婚をしたり、別の仕事にチャレンジしたりするのもいいかもしれませんね」

そう話すママの目は、厳しくも優しい姉のようなまなざしだった。

# 4 銀座の厳しさ

すべてのお店ではありませんが、銀座の高級クラブには、永久指名制という独特のシステムがあります。簡単に説明をすると、お客様を最初にお店に連れてきたホステスが、その方の係として永久に指名をされるのです。お客様の飲食代は、すべてその係のホステスの売り上げとなるだけでなく、そのお客様がお連れした別のお客様もその係の売り上げになります。もちろん、その別のお客様が次回おひとりでいらっしゃったときも、その係の売り上げです。同じテーブルに別のホステスがヘルプでついて頑張ったり、お客様に気に入られたりしたとしても、売り上げの一部をもらうというようなことは当然できません。一度決まった係は、そのホステスがお店を辞めるまで、変えることができないというシステムです。

これはホステス同士でお客様を取り合うことのないように生まれたシステムで、とても合理性の高いものなのですが、私のように東京でホステスの経験がない人間には、指名をしてくださるお客様がいないため、なかなかハードルが高いのも事実です。そしてほとんどの高級クラブには、売り上げや同伴のノルマがあるので、かなりの努力をしなければ、働き続けること自体できなくなってしまいます。

私が、最初に働かせていただいた「ル・ジャルダン」は、銀座では珍しく永久指名制をとっていないお店です。初めて銀座で働き始めた私のようなホステスでも、自分の努力次第で売り上げを上げることができるため、とても働きがいがあります。

例えば、お客様が来店し、ある女のコを指名したとします。そのお客様が、おひとりではなくお友だちと数名でいらっしゃった場合、ヘルプにつくホステスにもチャンスがあります。お連れのお客様に気に入っていただければ、次にお店にいらっしゃるときに自分がその方の指名をいただける可能性があるからです。

ですから、働いていた女のコは、お客様と積極的にアフターに行き、ご連絡もまめに差し上げていました。アフターとは、お店の閉店後にお客様とお食事やカラオケなどに出かけることです。アフターでお客様と親しくなれば、次に指名をいただける可能性が高くなります。

売り上げを上げている女のコは、毎日のようにお客様とアフターに出かけていました。そうやって一生懸命努力をしている先輩方の姿には、本当に私も影響を受けました。

「青森と銀座では、女のコの仕事に対する姿勢が格段に違う」

それが、銀座で働き始めた私の正直な感想でした。美しいのはもちろん、みんないろいろな勉強をしてお客様との会話に備え、お店に来ていただくための努力もしっかりとしています。

青森のホステスが、みんなレベルが低いというわけではもちろんありません。でもやはり女のコによって、接客のレベルにかなりの差があります。

青森で働いていたときに、こんなことがありました。

何度もお店に来てくださる大切なお客様が見えました。その日は接待の場に使ってくださり、新しいボトルも入れてくれました。お客様は、その日も満足して帰られたのですが、その直後にお会計が間違っていたことがわかりました。新しいボトルのお金をちょうだいしていなかったのです。

「今さらそんなことを言っても、お客様は気を悪くするかもしれない。何度も来てくださる大切なお客様だから、今回は私が自分のお給料から払おう」

私はそう思って、お店に連絡しようとしました。少しでも気の利くホステスならば、みんな同じことを考えるでしょう。

ところが私が伝える前に、ほかの女のコが、お客様に電話をしてしまったのです。もちろん、係だった私に一言の相談もなしにでした。

「お会計が間違っていたので、今度いらしたときにボトルのお金を払ってください」

係である私の面子《メンツ》は丸つぶれです。

「そんなことをお客様に勝手に言ってしまうなんて！　後からそんなことを言われたら、きっと気を悪くするでしょう。どうして私に一言相談してくれなかったの？」

その女のコは気を利かせたつもりで電話をしたようで、私に言われて初めて気がついたという顔をしています。

以来、そのお客様はお店に来てくださらなくなりました。

これが銀座ならば、こんなおかしなことは決して起こりません。私のお客様がいらして、お相手できない時間も、ほかの女のコに安心してお任せすることができます。教わることのほうが、まだまだたくさんあるくらいです。

先日も銀座の先輩ホステスの方に、こんなアドバイスをいただきました。

「里恵ちゃんは、今までは若さだけで仕事ができていたかもしれないけれど、そろそろ内面をもっともっと磨いたほうがいいわよ」

青森にいたころにその言葉を聞いても、きっと意味もわからなかったに違いありません。でも今は、私も一流の方ばかりが集まる銀座のホステスの一員です。この言葉の重みは日々実感しています。

「里恵ちゃん、ホステスは、もてて、それで悩んでいるうちが華よ」

青森にいたときにママに言われた言葉も自然と思い出されてきます。

銀座で生き残るためには周囲の素敵なお姉さま方を見習って、私ももっと頑張らなければいけません。そうしなければあっという間に、銀座から私の居場所はなくなってしまうことでしょう。

事務員をやっていたときのような失敗をすることはもうできません。私には接客業しか生きていくすべがないのですから……。

## 5 銀座のお客様

銀座のお客様は、やはり品があって余裕のある方が多いのも魅力のひとつです。ホステスの私は、お客様に楽しんでいただくのが仕事ですが、逆にお客様から教えていただくこともたくさんあります。

「こんなふうに書くと男心をくすぐるよ」

私の書いた筆談に間違いがあると、正しい漢字や言葉遣いを教えくださる文筆業のお客様もいらっしゃいました。

「ホステスはこうしたら売れるよ」

「プレゼントは、こんなものをこんなタイミングであげればいいよ」

銀座で遊び慣れている方々からのそんなアドバイスは、いつでも心強い味方であり、たくさんの応援団のようなものです。

ご自分の専門分野や特技を生かして、面白いお話をしてくださる方もたくさんいます。ソムリエの資格を持っていらっしゃるお客様はワインについて、中国語が堪能な方は面白い言葉などを一生懸命に私のメモ帳に書いて教えてくださるのです。せっかく楽しく飲みにいらっしゃっているのに、私のほうが勉強をさせていただいて申し訳なくなることもあるほどです。

いろいろなお客様にお会いしているうちに、私の理想の男性像も変化してきました。

「やっぱりかっこいい人がいい。それともお金持ちの人がいいかしら」

若いころは、自分のことも省みず勝手なことばかり考えていました。

銀座で2年の月日をすごした今では容姿や裕福さよりも、お金を賢く使えること、多くの方から信用されていること、相手の気持ちを察することができること、この三つを兼ね備えている方に巡り合いたいと願うようになりました。

また、私がお会いする素敵な男性はたいてい年上の方なので、今までよりも年上の方に心ときめくようになりました。銀座の街の魔法にかかってしまったのかもしれません。

# 6 銀座の女のコ

先ほども触れましたが、銀座の女のコは、みんなホステスとしてのプロ意識の高い素敵な女性ばかりです。その素顔もユニークで魅力的な方ばかり。

昼間に別の仕事をしているコも珍しくありませんが、以前、同じクラブで働いていたコの本業は、なんと女子プロレスラーでした。とても素敵な笑顔がチャーミングで、美人なのでひいきのお客様も大勢いる女のコです。しかも彼女はヒール（悪役）をやっているというので2度ビックリ。

「本当にプロレスラーをやっているの？　本当に本当？」

思わず何度も確かめてしまったほどです。

ある日、彼女が私を自分の試合に招待してくれました。初めてのプロレス観戦です。しかも一番前の席を取ってくれたので、ドキドキ、ワクワクも最高潮です。

いざ試合が始まってみると想像以上の驚きです。椅子は飛んでくるわ、投げられたレスラーは飛んでくるわで、そのたびに我を忘れてキャーキャー大騒ぎしてしまいました。

そしていよいよ友人が登場しました。いつものかわいい笑顔は、どこにも見当たりません。ふてぶてしい怖い顔をして、武器を振り回したり、パイプ椅子を投げたりしています。

「やっぱり、女は怖い……」

人のことは言えませんが、女はいろいろな顔を持っているものです。


銀座で働いているというとそれだけで派手な暮らしをしていると思われがちですが、実際はそんな人ばかりではありません。堅実に暮らしているコも、たくさんいます。

青森にいたころの私は、お金を稼いだら稼いだだけ使ってしまうような生活をしていました。

「また頑張って、働いて稼げばいい」

そんなふうに、お金のこともあまり深くは考えていませんでした。

欲しい服や化粧品を買い、興味のあるものには惜しげもなくお金を使っていました。また食事に行けば、したたかに酔っぱらうまで飲んでいた時期もありました。一緒に遊んでいる友人は適当なところで引き上げているのに、私だけ二日酔いになるまで飲んでしまうことがたびたびあったのです。

本当に馬鹿なことにお金を使っていたと思います。ちっとも貯金をしていなくて、そればかりかいろいろなローンを組んで、借金まで抱えていたこともありました。

でも銀座で働く女のコたちと出会って、いかに自分がやってきたことが馬鹿げていたかを悟りました。誰でもときには馬鹿騒ぎをしたり、高価な買い物をすることもあるでしょうが、そんな生活ばかりをしているのではありません。

女のコの中には、学費を払うために働いているコや自分の夢を叶えるためにお金を貯めているコがたくさんいます。自分が家族の生活を支えているコもいれば、しっかりと経済の勉強をし、株を売り買いして銀座での働き以上に稼いでいるコまでいて、本当にさまざまです。

「私もしっかりしないと」

本当に銀座の女のコと仕事をしていると、刺激になることがたくさんあります。

私は高校にほとんど行かず、中退をしてしまいました。そんな私にとって銀座で働くことが、今は何よりも学びの場となっているのです。

# 第7章　「筆談ホステス」銀座接客体験実話8
## ～『すべての人々に愛の言葉の花束を』～

この章では私が銀座に来てからの2年間で、実際にお客様とお話しした内容のごくごく一部をご紹介します。夜の銀座の片隅で、男と女はどんなことを筆談で会話しているのか、その一端がおわかりいただけるかもしれません。お届けできた言葉は私にも印象深いものばかりです。

## 【実話1】あなた出世争いに負けたの？

Iさんは、大手食品会社で課長をされています。最近、落ち込むことがあったと言います。

「隣の席の同期の奴が昇進して、先を越されちゃったよ」

でも確か、Iさん自身もかなりのスピード出世のはず。話を伺うと、Iさんと、その同期の方が出世街道のトップを争っていたそう。


「次は、Iさんの番ですよ！」


励ますつもりが、その一言を書いた瞬間、一層、Iさんの顔を曇らせてしまいました。

「俺も、それはそうだと思うんだけど」

Iさんのため息の本当の理由は奥様にありました。Iさんの奥様は、かつて同じ会社に勤めていた方で、熱烈な社内恋愛の末に結婚をしたそうです。でもその社内恋愛が今となってはあだとなり、社内の情報もすぐに伝わってしまうという状態に。

「どうして出世争いに負けたんだって、うるさいんだよ」

Iさんは奥様に、出世は本人の努力だけではなく、会社の上の人間の絡みもあるので、思いどおりにはならないと説明をされたそうですが、それでも奥様は納得しません。

「毎日、チクチク、ギャンギャンうるさくて。最近、家に帰るのが憂鬱なんだよ」

そういえばIさんは、最近よくお店にいらっしゃってくださいます。でもこのままでは、かわいそうです。私は少し考えて、お帰りになる際に一枚のメモを渡しました。

「これを奥様に書いて渡して下さい」

「少し止まると書いて、『歩く』。着実に前に進んでいます」

Iさんは、私の書いた言葉を、翌朝、出社前に置き手紙にして奥様に渡したそうです。その晩、帰ってみると、奥様がご馳走をたくさん作って待っていたそうです。

後日、次の人事で、Iさんの昇進が内定したとの嬉しいご報告をいただきました。

## 【実話2】ロバート・デ・ニーロ流で小生意気な派遣社員を指導！

Gさんは、機械メーカーの課長で48歳。最近、会社に入ってきた派遣社員が悩みの種だとこぼします。

「派遣社員が生意気で参ったよ」

Gさんの会社では、高い技術力を持った派遣社員を大勢雇い入れているそうです。もちろん正社員であるGさんが上司という立場のはずなのですが……。

「俺は営業職で技術者じゃないから、馬鹿にしている感じなんだよ」

聞くと、まだその派遣社員は20代の若い方で、もちろん、表立ってGさんに楯突くことはしないものの、何かというと小馬鹿にした態度が感じられるそうです。

「どうせ何もわかっていないと思って、すっかり汚物扱いさ」

Gさんは寂しそうです。

「個人的なことなら無視するからいいんだけど、会議でも営業が提案したことをいちいち反対するものだから困っているんだよね」

「それは、Gさんから、一度厳しく言ったほうがいいんじゃないかしら？」

「そうだな、ガツンと言ってやるか。何て言おうかな」

「やり方は三つしかない。正しいやり方。間違ったやり方。俺のやり方だ」

これは、私の大好きなロバート・デ・ニーロ主演の映画『カジノ』の台詞《せりふ》です。

Gさんは私の書いた文字を見つめて、自分の手帳に書きつけました。

「いいね」

後日、いつものように営業方針に難癖をつけてきた派遣社員の若者に、Gさんはきつめの調子で、その言葉を放ったそうです。

「……はい」

強い調子で言い返されたことのなかった彼は、すっかり驚いていたそうです。それ以来、彼は無理難題でGさんを困らせるようなことは、しなくなったそうです。

## 【実話3】財産を失ったら人生はおしまい？

サブプライムローン問題の影響を受けて、資産の大半を失った50歳の大手自動車メーカーの部長Bさん。お店にはしばらくいらっしゃっていなかったのですが、久々にお会いしてビックリ。若々しいスポーツマンタイプで、とても50歳には見えなかったBさんですが、すっかり痩せられて、髪にも白いものが目立つようになっていたのです。

そして私に、突然こう切り出しました。

「今日は、里恵にお別れを言いに来た」

お話を伺ってみると、莫大な資産を失ったことに大きなショックを受けていて、もう気力がなくなったというBさん。

「今まで努力して築いたものを、一瞬で失ってしまった」

「もう一度頑張ろうという気になれない。何もやる気が起きないんだ」

「自殺したい」

お話をしていても、その一点張りです。

「生きていてほしい」

私は強く思いました。少し前までは、快活で、いつも楽しそうにお酒を飲んでいたBさんの笑顔をなんとしてでも取り戻したいと思いました。

「立って半畳、
寝て一畳、
アソコは勃《た》っても数インチ」

しばらく、私の書いた三列の文字をじっと見つめていたBさん。

「ぷっ！」

一度吹き出すと、笑いが止まらないといった感じで、しばらく大声で笑い続けていました。

「そうだよな、人間そんなに必要なものはないな。たしかに財産もアソコも大きければいいってもんじゃない。みんな深刻な顔をして慰めを言ったり、触れないようにしたりするのに、お前はおかしな女だな。でもおかげで、ふっ切れるような気がしてきたよ」

Bさんは、以前と同じような明るい笑顔を私に向けてくれました。

そして、今でも楽しそうに飲みに来られています。

## 【実話4】「愛」より強いものはなし

大手広告代理店で、アートディレクターをしているHさん。いつもスタイリッシュで素敵なので、デートをするお相手には困ったことがないご様子です。

今、お気に入りの女のコは、Hさんがお勤めのビルで受付嬢をされている女性なのだそう。

「エビちゃん似で、かわいいんだよ」

「美人なのね！」

「何度か話しかけてみたけれど、彼女も俺のことが気になってるみたい」

「あと、ひと押しね！」

「今度、電話番号を渡そうと思って。でも社内にもライバルが多くて、ちょっと作戦を立てているところ」

「Hさんは素敵だから、きっとうまくいきますよ」

Hさんは、意外と真剣なご様子。ライバルの同僚たちが受付の女性たちとの合コンを企画していると知り、少し焦っているようです。なんとしてでもライバルに勝利して、デートにこぎつけたいと言います。

「普通に番号を渡すだけだとインパクトないよな。何か心に残る気の利いたメッセージはないかな？」

ちょっと考えて、大きく力強く、一文字だけ書いたメモをお渡ししました。

「愛」

Hさんは、しばらくその紙を見つめながら何やら考えていました。

「頑張ってみるよ」

一ヶ月ほど経ったころ、Hさんがお店にいらっしゃいました。席に着くなり、携帯電話に保存されていたものすごい美女との2ショット写真を見せてくださいました。

「今までいろいろなアプローチを受けてきたけれど、シンプルで初々しいメッセージにやられたって彼女が言ってたよ」

照れくさそうに笑う幸せそうなHさんを見て、私も幸せな気分をおすそ分けしてもらいました。筆談ホステスの筆談術が、愛しい殿方の役に立つほど嬉しいことはないのですから。

## 【実話5】ニートな娘の恋人を撃退！

ある大企業の重役をされているCさん。努力をして現在の地位まで上りつめた実直な方です。そのCさんが誰よりもかわいがっているのが、都内の女子大に通っている、ひとり娘のお嬢さん。写真を拝見したことがあるのですが、清楚な方でCさん自慢の箱入り娘なのです。ところが最近そのお嬢さんに、あまり好ましくないボーイフレンドができた模様。

「娘につきあっている男がいるんだ」

Cさんの浮かない顔を見て、あまり賛成されていないのだなと気がつきました。

「お嬢さんは、まだ大学生でしたよね。心配ね」

「同じ大学生やサラリーマンなら、まだよかったんだが」

「どんなお相手なの？」

「大学もろくに行かずに中退して、今は働きもせずブラブラ遊んでいるだけの奴なんだ。今でいうニートってやつだな」

勤勉実直を絵に描いたようなCさんにとっては、許しがたい彼氏のようです。

「しかも食事やデート費用を全部、娘が出しているらしいんだ」

Cさんは深いため息をつきます。お嬢さんが心配で仕方ないという様子です。

「なんとか別れるように娘を説得したいんだが、里恵ちゃん何かいい言葉はないかな？」

「愛は行動を伴うもの」

と、メモ帳に書いてお渡ししました。これは、有名なマザー・テレサの言葉です。

その後、Cさんは娘さんと話し合い、彼が真面目に働かないのなら別れるという約束を取りつけたそうです。

## 【実話6】『ONE PIECE』のルフィに学ぶ

Lさんは、大手電機メーカーの課長で45歳。なんと25歳年下の美人妻を持つ幸せ者です。しかし久しぶりにお店に見えた彼は、暗い表情をしています。

「最近、妻とギクシャクしていて、とうとう離婚届を突き出されたよ」

伺ってみると、それまでも忙しく帰宅の遅かったLさん。一年ほど前に課長に昇進してからは、激務に拍車がかかり、毎日のように午前様。そのころから奥様とギクシャクしだしたそうです。

「それに加えてこの不況で給料が20％カット、おまけにボーナスで自社製品の購入までさせられることになって。なんだか、もうやっていけないって言われたよ」

Lさんは、ガックリと肩を落としました。

「忙しいばかりで、自分も悪かったと思っているんだよ」

Lさんは、奥様にプレゼントを用意していました。

「ありきたりだけど、指輪を買ったんだ。カードにメッセージをいれていっしょに渡したいんだけど、どんな内容がいいと思う？」

奥様は20歳の方。どんな言葉が伝わりやすいか、しばし考えて、こう書きました。

「おれは助けてもらわないと生きていけない自信がある!!」

これは、私の大好きなマンガ『ONE PIECE』からの言葉。主人公のルフィが敵と対峙したときの言葉で、仲間の大切さを訴えるシーンです。

Lさんは、次の日さっそくこのメッセージを添えてプレゼントを渡したそうです。

「妻もいろいろと不安だったみたいで。今は仲良くやっているよ」

すぐに嬉しいご連絡をいただきました。銀座のホステスたるもの若者向けの人気マンガにも目を通しておくのは、たしなみなのです。

## 【実話7】幸せの途中

Sさんは、不動産会社の取締役です。少し前までは、銀座での遊び方も派手なほうで、ときには一晩で百万円以上をキャッシュでお支払いされていました。

ところが、最近では様子が変わってきました。会社の経営は火の車のようで、ご様子も荒れに荒れています。

「辛」

メモ帳にそう一字書いて、黙ってグイグイお酒をあおるのが、Sさんの最近のパターンになってきました。楽しく飲んでいただけたらと私もいろいろとお話を振るのですが、メモ帳を見て、うなずくばかりで会話は一向に盛り上がりません。

なんとかしたいと思い、考えました。

そして「辛」と書かれた文字を見て、あることを思いつきました。

私は、一本の横棒を付け足し、Sさんにメモを切り取ってお渡ししました。

「幸」

Sさんは、じっとその文字を見つめています。

「辛いのは幸せになる途中ですよ」

メモ帳に、そう書いて、それもお見せしました。

すると突然、強面のSさんの表情が緩んだと思うと、驚いたことに目に涙を浮かべました。ボロボロと大きなしずくが床に落ちました。

しばらく黙って、お酒を飲まれていたSさん。でもいらっしゃったときとは違い、穏やかな表情に変わられていました。

帰り間際に私のメモ帳を取り、何か書きました。

「ありがとう」

Sさんは、にっこり微笑んでお店を後にされたのです。

## 【実話8】夢の続き

Nさんは、わずか50歳という若さで大手商社の取締役に就いた凄腕。英語やスペイン語を流暢に使いこなし、仕事をバリバリと推し進めているそうです。

しかし、ある日お店にいらっしゃったNさんは、すっかり気落ちした様子で、いつものようなエネルギッシュさが感じられません。

「クールなNさんも、ダンディで素敵ね」

私がメモ帳を差し出すと、Nさんは小さく微笑みながら

「気遣いありがとう」

そう返事を書いて、ウイスキーを一気に飲み干しました。

「先頭に立って進めてきた大きなプロジェクトが、この不景気の煽りを受けて中止になったんだ。準備だけで3年もかけて、成功させることが俺の夢だったのに」

Nさんの目には、うっすらと涙さえ浮かんでいます。

「もう会社を辞めて、海外でひっそり暮らそうかな」

私は、少しでも元気になってほしいと思い、考えをめぐらせました。

「人の夢と書いて儚《はかな》いとは言うけれど、
だからこそ人は夢を次々に追い求めるのでは……」

Nさんは、しばらくそのメモをじっと見つめていました。私が、Nさんを見つめていると、口もとが動きました。その唇は、私の書いた文字を繰り返し唱えているようでした。

そして、またウイスキーを飲み干し、私のメモ帳に何か書き込みました。

「夢はいくつあってもいいんだよな。新しい夢を探してみるよ」

Nさんは、にっこりと笑顔になっていました。

私もすっかり嬉しくなって、微笑み返しました。

「よし、今夜は新しい門出だ！　里恵、シャンパンを飲もう！」

Nさんは、私の大好きなシャンパンまでオーダーしてくれました。そして、その晩は楽しく飲み明かし、すっかり元気になって明るい表情で帰って行かれました。

「今年の春、2年ぶりに両親と会いました。ふたりとも、体が小さくなっていて驚きました」。長いわだかまりの期間を経て、両親と和解をするときが近づいてきたのだろうか。

実家に残してきた愛犬のロミオ。「会った瞬間に飛びついて、ものすごく甘えられました。『お手』もしてくれたんですよ。覚えていてくれたんですね。とても嬉しかったです」

# 第8章　聴覚障害者の夢

# 1 夢を見つけた筆談ホステス

青森で働いていたときに一度だけお目にかかったお客様がいます。仕事の打ち合わせの二次会ということで、数名のお客様と一緒にクラブにいらっしゃいました。坊主頭なのにバリっとスーツを着こなしていて、とても普通の職業の方には見えません。

「きっとこの方は、昔、何か悪いことをしていたんだろう。でも今は、悪いことから足を洗って、バリバリ働いている方なのではないかしら？」

私は、勝手な想像を膨らませていました。

なぜだかそのお客様がとても気になり、お話をしたいと思いました。でもテーブルについたものの、少し離れた席に座っていたので、なかなかできません。思い切って、お客様の隣についた女のコに頼んで席を替わってもらいました。普段はそのようなことはしないので、自分でもなかなか思いきった行動でした。

お名刺をいただくとスワンという会社の海津《かいづ》さんという方でした。そのとき、海津さんとは、とりとめのない筆談で、ごくごく普通の会話を交わしました。私の耳が聴こえないということにも話が及ぶことはありませんでした。

お帰りになったあとも、まだ海津さんのことが私は気になっていました。ドキドキという恋心ではありません。なんだか、話をしてみたくなるオーラが海津さんに漂っていたのです。そんなふうに感じたお客様は、今までいらっしゃいませんでした。

そこで家に帰ってから、私はスワンという会社について調べてみることにしました。インターネットで、会社のホームページを簡単に見つけることができました。東京に本社を持ち、ヤマト福祉財団とヤマトホールディングス株式会社が共に設立した株式会社でした。何よりも私が興味を持ったのは、その会社では、障害のある人とない人が同じ職場で助け合いながら一緒に働いていること。そこで作られたパンを販売するスワンベーカリー、スワンカフェというパン店やカフェを日本各地で展開しているということでした。

「こんなお店が私にもできたら、なんて素敵だろう」

そう思いました。

「私にも、できるかしら？」

それまでは筆談ホステスとして夜の世界で一流になりたいという気持ちしかなかった私ですが、初めてその先の別の可能性を思い描けたのです。

「昔は悪いことをしていた人」

私が勝手に妄想を膨らませていた海津さんは、なんと、そのスワンベーカリーの社長を務めていらっしゃいました。実際は、「昔、悪いことをしていた人」ではなく、「立派な経営者」だったのです。

私は、そのときちょうど東京に行く準備を進めていたところでした。そして、それからしばらくして予定どおりに青森を離れ、東京へ移り住みました。

それからずっと、理由はわかりませんが、私は強い気持ちに突き動かされていました。

「どうしても、海津さんにもう一度会わなければいけない」

スワンベーカリーは東京に本社があります。そこで思い切って、海津さんにご連絡を差し上げることにしました。

たった一度、青森のクラブでお会いしただけのホステスに、もう一度会ってもらえるか、少し不安もありましたが、海津さんは快く承諾してくださいました。

お会いしてわかったことですが、障害を持ちながらもホステスとして働いている私の姿を見て、海津さんも、もう一度私と話をしてみたいと思っていたと話してくれました。

以来、海津さんとはたびたびお会いして、さまざまな話を聞かせていただくようになりました。普段、外ではお酒を飲まない海津さんとは、お客様としてではなく、こんなことを言うと失礼かもしれませんが、年の離れたお友だちとして現在はお付き合いをさせていただいています。

お会いしたときに伺う内容は多岐にわたりますが、やはり私が一番興味を惹かれるのは海津さんが携わるお仕事の話です。スワンベーカリーでは、障害者はどんな仕事をしているのか、どんな様子で働いているのか、とても興味がありました。

実際に銀座店に伺って、カフェでおいしいサンドイッチをいただいたこともあります。そうして何度か海津さんの話を伺ううちに、最近になって私にも、あるひとつの道がだんだん明確に見えてきました。新しい夢が生まれたのです。

「いつかスワンベーカリーのように、障害者と健常者が一緒に働ける職場を私も作りたい」

もちろん夢を思い描いても、すぐに実現できるわけはありません。私には、お店を開くための知識もお金も何もないからです。

「いつか自分のお店を開くために、もっと勉強をしたい。もっといろいろなことを学びたい。そのためには、まずはしっかりとお金を貯めて準備をしなくては」

今までは、ただ一流のホステスになりたいという思いだけで、夜の銀座で働いてきました。これからは、新しい夢を実現させるために、もっともっと銀座で頑張って働こうと思うようになりました。


今までずっと一流のホステスになりたいと思っていましたが、正直に言って、将来に不安を感じていなかったわけではありません。

銀座で働き始めてからしばらくして、体調を崩したことがあります。病院で、お酒を飲んではいけないと言われたため、しばらくお店を休むことになりました。ホステスの仕事はお店に出勤をしなければお金を稼ぐことはできません。

体調不良を抱えて、私は精神的にも不安定になっていたのでしょう。

「このままホステスを続けられるのか。このままホステスを続けていていいのか」

何度も何度も、そのことが頭をよぎりました。

「耳が聴こえなくても、誰にも負けないホステスになりたい」

その思いだけで、19歳のころから筆談ホステスの道を歩んできました。でもこのまま水商売を続けて、自分がママになったりクラブの経営者になったりという将来は、どうしても思い描けなかったのです。

「新しい夢に賭けてみたい」

やっと自分が本当にやりたい仕事が見つかりました。それからは夜の仕事も、ますます頑張れるようになったのです。

## 2 筆談が導いた夢の店

「どんなお店がいいかしら？」

「スワンベーカリーみたいに、飲食店のほうが難聴者は働きやすいかしら」

「耳の聴こえない人の代理で電話をかけてもらうサービス会社でもいいかも」

夢は、どんどん広がっていきます。


いろいろと夢想しているうちに、自分の好きな美容関係のお店を持ちたいと思うようになりました。考えているのは、エステやマッサージを受けることができ、さらに美容室を併設したサロンです。前に述べたとおり、もともとエステが大好きで、10代のころにはエステティシャンとして短い期間ですが働いたこともあります。でも当時はお店に恵まれず、長くは勤められませんでした。

こうしたサロンを作りたいと思ったのには理由があります。エステやリラックス系のマッサージを受けたことのある方ならわかると思いますが、施術中はお客様と会話をするというよりも、ウトウトと寝てしまうほど寛いでいただくのが理想です。ですから、こうしたマッサージ中心のサロンならば、私のように耳の聴こえない障害者でも、それがハンディキャップにならずに働くことができると考えたのです。

また、マッサージ中にお客様からされることの多い、いくつかのリクエストがあります。

「暑い、寒い」

「マッサージの力が強い、弱い」

これくらいならば、筆談で十分にコミュニケーションが取れます。

もちろん、事前のカウンセリングはしっかりとしなければなりません。それは、あらかじめ作ったカウンセリングシートに沿いながら、私が銀座で身につけた筆談術でお客様の願望を的確に読み取っていこうと思っています。

こうしたサロンに美容室を併設するというアイデアは、じつは例の幼なじみの美幸が美容師だというところから生まれました。最近では、なかなか美容室に行くことのできない障害者や高齢者のために、福祉美容師という方々が活躍しています。福祉美容とは、障害者や高齢者などの介護や介助を必要とされているお客様に対し、それらの基礎知識を持って、安全で快適な美容を施す技術のことです。

最近では障害者や高齢者の方のために、車椅子に乗ったままや、介護を受けている人用のシャンプー台なども開発されています。それでもまだ障害を持った人は、健常者よりも、やはり楽しみを享受する機会が少ないと思います。

それは銀座で働いてみて、より強く感じるようになったことです。私のように聴覚障害を持つホステスもいませんが、耳の不自由なお客様がお店にいらっしゃることも見かけたことはありません。それはきっとクラブ以外でも同じようなことがいえるのでしょう。

エステや美容室といった、日常的に皆さんが通っている場所でさえ、障害を持つ人には、なかなか行きにくい場所なのです。私のような聴覚障害者であれば意思疎通の困難さが障壁となり、四肢が不自由な方ですと、その場所へ行くこと自体の困難さで断念する方が多いようです。

私は、障害者の中でも、長い間接客業を仕事にしてきたため、比較的外の世界に触れてきたほうだと思っています。ですから、その世界をもっともっと広げていき、同じ障害を持つ人にも、私の身につけた知識、サービス業のいろはや接客の方法などを伝えていきたいと考えています。

今はまだ、私がサロンを作りたいと言っても、ただの夢物語に聞こえるかもしれません。

「難聴者に、そんな店ができるはずがない」

そう笑う人も、きっといるでしょう。

でも、私が水商売で働き始めたときも同じでした。多くの人が無理だと笑ったのです。認めてもらうためには、私は今まで以上に頑張って、ひとつひとつ成果を出していかなければなりません。

そこで、まず最初の目標にしているのが28歳までにハワイで語学とエステティックを学ぶことです。留学先にハワイを選んだ理由は、いくつかあります。まずは英語を学びたいと以前から思っていたからです。次に、ロミロミなどのハワイ伝統のマッサージを身につけたいと思ったのです。

ハワイは、障害者にやさしい福祉の充実した土地として有名で、聴覚障害者が働く場所も多く提供されています。もちろんいくら障害者にやさしい土地柄とはいえ、語学とエステティックのふたつを同時に学ぶのは相当ハードな毎日になるでしょう。でもきっとやり遂げて、私と同じ聴覚障害者がのびのびと働ける場所をいつかきっと作っていきたいと思っています。

私の学んできた知識を伝える方法は、もちろん筆談です。筆談ならば、聴覚障害者も耳の聴こえる人も一度に一緒に理解することができます。何かを伝えたい、何かを学びたいというときに、これ以上適切なコミュニケーションの方法はないと私は思っています。相手が何人、何十人といても、筆談は私の考えを的確に運んでくれるのです。ホステスという仕事を通して、私は筆談の素晴らしさを知ることができました。これからも、もっともっと筆談での会話術にも磨きをかけていきたいと思っています。

まだしばらく、私は夜の銀座の一員として、頑張って働いていくつもりです。そのために、今はお店をかけもちして働いています。

いつかきっと、理想とするサロンを作ります。

そのサロンでは、親友の美幸も一緒に働いているはずです。美容師の仕事のかたわら、私のできない電話番も笑顔でこなしてくれることでしょう。そして、私たちふたりのほかに、難聴者などの障害を持つスタッフや、健常者スタッフも笑顔でイキイキと働いているのです……。目を閉じると、その光景がリアルに浮かんできます。

その日が来るのが、本当に、心から楽しみです。

「この前、実家に行ったときに、昔、通っていた小学校の近くを
通ってみたんです。とても懐かしかったな」

# 終わりに

本を出版しませんかと依頼されたときに、お断りをしようと思った話は最初に書きました。

じつはそのときに、もうひとつ思ったことがあったのです。

「私の今まで生きてきた人生なんて、ごくごく平凡だし、たいして面白い話もないから書くことがない……」

それが一般人として普通の気持ちでした。

ところが本書のために初めてお会いした方々が、みんな口を揃えて言うのです。

「耳が聴こえないのに、いったいどうやってホステスとして接客をしているの？」

それでもまだ私には、ピンときていませんでした。

「そうか、やっぱり難聴者の銀座のホステスって少ないんだな」

それくらいの感想しかなかったのです。しかしみなさんの追及の手は、緩まりません。

「銀座どころか、ほかの場所でも、耳の聴こえないホステスには会ったことがない！」

「ホステスどころか、耳がまったく聴こえないのに接客業をしている人にも会ったことがない！」

そこで初めて気がついたのです。

「もしかして、私ってレアケースなんですか⁉」

まだたったの25年ですが、耳が聴こえなくても、何でも挑戦できるという気持ちで私は生きてきました。

その挑戦する気持ち、前向きな気持ちが、少しでも本書を手にとって下さった皆さまに伝われば幸いです。本書を執筆するにあたり、企画立案して下さった村田純さん、ライターの小嶌淳子さん、カメラマンの木村哲夫さん、担当編集者の宮本修さんに大変お世話になりました。

本書では、両親との関係もかなり赤裸々に書かせてもらいました。最後に兄のことも、少しご紹介したいと思います。

「素晴らしいお兄さんだね」

どこに行って誰に伺っても、そう褒めていただける私の自慢です。

耳の聴こえない私に両親がかかりきりで、兄は小さなころから親にあまり構ってもらえませんでした。きっと「素晴らしい兄」にならなくてはいけない状況だったのでしょう。それを考えると、兄には申し訳ない思いでいっぱいです。

思春期のころ、お酒やタバコにおぼれ、不良となり、両親とケンカばかりしていたとき、間に入ってくれていたのも兄でした。恩着せがましいことは一言も口にせず、子供のときから今でもずっと、私のことをいつも気にかけてくれる本当にやさしい兄です。本を出すことについても、私が嫌な思いをするのではないか、騙されているのではないかとずいぶん心配をしてくれていたようです。

「いつもありがとうね、お兄さん」

そして最後にもう一言だけ、両親のことをお話ししたいと思います。

子供のころから、私にはとても厳しく怖い両親でした。それは耳の聴こえない私でも健常者に負けないように育ってほしいという願いから、心を鬼にして教育をしてくれたのだと今は理解をしています。子供のころの私には、母が角のある本当の鬼に見えたこともありました。

「でもお母さんも、きっと本当はやさしいお母さんでいたかったのかもしれない」

そう最近は、思うようになりました。

本書を出版するにあたり、久しぶりに青森の実家に帰ったところ、母の体が以前より一回り小さくなったことに気づき胸が締めつけられる思いでした。そして、いつもしかめ面ばかりしていた父が、久しぶりに笑顔で迎えてくれて、とても嬉しくもなりました。

両親に心配をかけたくないという気持ちが強く、今まで両親には何も話をしてきませんでした。この本に書かれていることも、両親は読んで初めて知ることばかりでしょう。

でもこれからは、もっと家族とも向き合い、両親にも感謝の言葉を伝えていきたいと思います。まずは得意の（笑）筆談にて。

「お父さん、お母さん、産んでくれてありがとう。
育ててくれて本当にありがとう」

# 筆談ホステス

2009年5月25日　初版1刷発行

著　者　斉藤里恵《さいとうりえ》
発行人　井上晴雄
発行所　株式会社光文社
〒112-8011　東京都文京区音羽1-16-6
電話　03(5395)8271　エンタテインメント編集部
03(5395)8113　書籍販売部
03(5395)8128　業務部
E-mail　exciting@kobunsha.com
URL　光文社　http://www.kobunsha.com
印刷・製本　凸版印刷

落丁本・乱丁本は業務部へご連絡くだされば、
お取替えいたします。

ISBN978-4-334-97565-4
Printed in Japan